Joachim Wöbking – Wenn ich mich nicht irre….

Für meine Nichte Jennifer

Joachim Wöbking

Wenn ich mich nicht irre....

Frei nach

Karl May

Überarbeitete Auflage

Bibliografische Information der Deutschen Nationalbibliothek
Die Deutsche Nationalbibliothek verzeichnet diese Publikation
in der Deutschen Nationalbibliografie; detaillierte bibliografische
Daten sind im Internet über http;//dnb.dnb.de abrufbar.

© Joachim Wöbking 2018
Lektor: www.lektormeister.de
Herstellung und Verlag
BoD – Books on Demand
Norderstedt

Kapitel 1 – Der "alte" Sam

Karl May! Welche Legenden rankten sich um diesen Mann?

Er war der Held meiner Jugend!

Oft stand ich vor seiner Villa in der Hoffnung, einen Blick auf Old Shatterhand respektive Kara Ben Nemsi werfen zu können. Dieses Glück war mir leider nie vergönnt. Aber mich befriedigte es schon, vor der Villa Shatterhand zu stehen, in dem der Mann wohnte, der Winnetous Blutsbruder war, der mit seinem Diener und Freund Hadschi Halef Omar Ben Hadschi Abul Abbas Ibn Hadschi Dawud Al Gossarah die unglaublichsten Abenteuer erlebte.

Karl May! Idol meiner Jungend.

Viele Jahre gingen ins Land und als ich die Gelegenheit hatte, beruflich in den Vereinigten Staaten von Amerika meiner Arbeit nachgehen zu dürfen, war ich natürlich begeistert, in das Land reisen zu können, in dem Karl May als „Westman Old Shatterhand" seine Abenteuer erlebte.

Am Vortag meiner Abreise, alle Vorbereitungen waren getroffen, zog es mich noch einmal zur Villa Shatterhand. Ich hatte mir fest vorgenommen, den Versuch zu wagen, mit Dr. Karl May zu sprechen, wenn sich die Möglichkeit dazu ergeben sollte. Ich erinnere mich noch sehr genau an jenen Samstag des Jahres 1908, genauer gesagt an den 5. September des Jahres 1908. Ein herrlicher Herbsttag.

Als ich mich dem beeindruckenden Anwesen näherte, fiel mir ein älterer Herr auf, der die Villa ehrfürchtig zu bestaunen schien und mich ansprach, als ich mich forsch der Pforte näherte.

„Er ist nicht anwesend, junger Mann."

„Wer ist nicht anwesend?"

„May."

„Sie meinen Dr. Karl May", ich betonte den akademischen Grad besonders.

„Richtig", schmunzelte der ältere Herr.

„Sie scheinen gut informiert zu sein, aber ich erkundige mich doch lieber selbst beim Hauspersonal, wann der Doktor zurückerwartet wird."

„Das können Sie gerne tun, aber ich denke vor Dezember wird er wohl nicht wieder hier eintreffen."

„Sicher können Sie mir auch sagen, wohin Herr Dr. May abgereist ist."

„Natürlich kann ich das, junger Mann. Er hat wieder mal hinüber gemacht – zu seinen Apatschen."

„Zu seinen Apatschen? Wann denn?"

„Nun", etwas umständlich zog der Mann seine Taschenuhr hervor und erst jetzt fiel mir auf, dass er einen Stock als Gehhilfe benutzte, „also nach meinen Informationen dürfte er sich bereits auf dem Schiff befinden, das ihn über den großen Teich bringen wird."

Karl May war auf dem Weg nach Amerika!? Konnte es einen größeren Pechvogel als mich geben? Wäre es nicht wunderbar gewesen, mit Karl May gemeinsam auf einem Schiff zu reisen? Aber an den Gegebenheiten war nichts mehr zu ändern.

„Ich danke Ihnen für Ihre Auskunft, werter Herr", verabschiedete ich mich von dem doch etwas seltsamen Menschen.

„Oh, keine Ursache und sollten Sie es wieder einmal nach Sachsen verschlagen, dann besuchen Sie mich doch einfach einmal in Moritzburg. Hier ist meine Karte."

Natürlich gebot es die Höflichkeit, dass ich dem Herrn auch meine Visitenkarte überreichte. „Ich wünsche Ihnen alles Gute", verabschiedete sich der geheimnisvolle Mensch und ging seines Weges.

Ich betrachtete noch einmal die Villa und nun fiel mir auch auf, dass die Fenster nicht mit Gardinen geschmückt, sondern mit Tüchern verhangen waren. Trotzdem läutete ich noch einmal an der Haustür, aber nachdem keine Reaktion erfolgte, glaubte ich wirklich an die Reise von Karl May. Aber wer war der seltsame Herr? Ich zog die Visitenkarte aus meiner Tasche. Auf ihr war zu lesen:

Heliogabalus Morpheus Edeward Franke
Villa Bärenfett
Moritzburg

Mir fiel es wie Schuppen von den Augen. Der Mann, mit dem ich soeben gesprochen hatte, war niemand anderes als Hobble Frank! Ich stürmte zurück auf die Straße, aber von ihm war nichts mehr zu sehen.

An einem der kommenden Tage ging ich in Hamburg an Bord des Schiffes, das mich in die neue Welt bringen sollte. Über besondere Ereignisse während der Überfahrt gibt es nichts zu berichten, wenn ich von der Tatsache absehe, dass es mir gesundheitlich nicht besonders gut ging. Die Seekrankheit kann wirklich lästig sein.

In St. Louis nahm ich Quartier, also in der Stadt, von der aus der junge Old Shatterhand damals seinen Aufstieg zum wohl bekanntesten Westman begonnen hatte. Aber die Zeiten hatten sich geändert. Viele Weggefährten Old Shatterhands lebten nicht mehr. Neben dem wohl edelsten Häuptling der Apatschen, Winnetou, waren auch andere berühmte Begleiter Old Shatterhands mittlerweile verstorben. Tante Droll wurde ermordet und über das Schicksal von Dick Stone und Will Parker war nichts bekannt. Und Sam Hawkens? Wie mir zugetragen wurde, schrieb Karl May einem seiner Leser, der nach Sam Hawkens oder nach dessen Lebensumständen fragte: „- Sam Hawkens ist tot! –" Genaueres war nicht von Karl May zu erfahren. Ich ging davon aus, Karl May nahm an, dass Sam Hawkens nicht mehr unter den Lebenden weilte, da Sam wesentlich älter als Old Shatterhand war. Aber in diesem Punkt irrte sich der Meister, wie ich bald feststellen durfte.

Nach meiner Ankunft in St. Louis meldete ich mich beim meinem Arbeitgeber, der mir zur Akklimatisierung noch einige Tage zu freien Verfügung gewährte. Einer meiner ersten Wege führte mich natürlich in die Straße, in der der „alte" Mr. Henry zu Old Shatterhands Zeiten seine Werkstatt hatte. Mir war bewusst, dass der alte Mr. Henry längst das Zeitliche gesegnet haben musste, aber vielleicht konnte man mir in der Nachbarschaft noch etwas über den alten Büchsenmacher erzählen.

Ich war erstaunt, dass der alte Laden noch existierte und noch immer Mr. Henrys Namen trug. Zwar waren die Räumlichkeiten nicht mehr in dem verwahrlosten Zustand, wie Karl May sie einst vorgefunden hatte, denn alles wurde anscheinend modernisiert und der „neuen Zeit" angepasst. Es wurden noch immer Waffen hergestellt, die reichlich in den Auslagen zu bestaunen waren. Nur der Henrystutzen fehlte. Sollte der alte Büchsenmacher sein Wort wirklich gehalten und nur wenige Exemplare seiner „Wunderwaffe" hergestellt haben? Zwar gab es zwischenzeitlich andere Gewehre, die dem „Henry-Stutzen" ebenbürtig waren, aber ein von Mr. Henry persönlich hergestelltes Exemplar dürfte wohl nur noch im Besitz von Karl May sein.

Als ich den Laden betrat, wurde ich wohl für einen potentiellen Kunden gehalten, denn man kümmerte sich sofort um mich. Ich erfuhr, dass der Büchsenmacher schon einige Jahre verstorben sei, was mich nicht sonderlich überraschte. Natürlich erkundigte ich mich auch nach Sam Hawkens.

„Hawkens? Sam Hawkens meinen Sie", fragte der Verkäufer nach.

„Genau, den meine ich."

„Nun, als der alte Büchsenmacher noch lebte, besuchte er ihn so zwei bis drei Mal in der Woche. Nun lässt er sich nur noch selten sehen."

„Er lebt also noch?"

„Ja, er wohnt ganz in der Nähe in einer sehr guten Pension und wie man hört, lebt er ganz gut dort."

Ich war mehr als erstaunt. Aber es war natürlich möglich. Wir schrieben das Jahr 1908. Zu diesem Zeitpunkt war Karl May 66 Jahre alt. Wenn also der Altersunterschied zwischen Old Shatterhand und Sam Hawkins etwa 20 Jahre betrug, wäre Sam Hawkens heute 86 Jahre. Also, im Bereich des Möglichen.

Ich muss heute noch gestehen, dass mein Herz stark pochte, als ich die mir genannte Pension betrat. Vielleicht würde ich noch heute mit dem Mann sprechen, von dem ich so gerne mehr aus seinem Leben erfahren würde. Aber würde er mir diesen Gefallen überhaupt erweisen?

Ich stand in einem sehr gepflegten Gastraum.

Einige Tische, alle mit weißen, sauberen Tischtüchern bedeckt, waren in der Gaststube aufgestellt. Auch eine einladende Theke befand sich an der Längsseite des Raumes, hinter der eine mir freundlich zulächelnde Dame dabei war, Gläsern neuen Glanz zu verleihen. Über dem Tresen fiel mir sofort ein Schild auf, dessen Aufschrift mich sehr interessierte: „Hier gibt es deutsches Bier". Zielstrebig durchschritt ich den Schankraum mit der Absicht, mich mit dem Gerstensaft zu erfrischen.

„Guten Tag, junger Mann", begrüßte mich die Wirtin, „was darf es sein?"

„Wie ich lese, haben Sie deutsches Bier?"

Mit einem Finger auf das Schild zeigend sagte sie: „So steht es geschrieben."

„Dann schenken Sie mal ein", bat ich.

Kurze Zeit danach stellte sie ein frisch gezapftes Bier vor mir ab, machte aber keine Anstalten sich zu entfernen.

„Suchen Sie ein Zimmer?" Ich trank einen kräftigen Schluck, wischte mir den Schaum von den Lippen und antwortete: „Oh, nein, ich suche einen Mann."

„Einen Mann?"

„Ja, er soll hier bei Ihnen wohnen."

„Sie meinen Mr. Hawkens?"

„Wie kommen Sie auf diesen Namen? Ist er Ihr einziger Gast?"

„Nein, das nicht, aber der berühmteste."

„Er ist berühmt?"

„Nun tun Sie nicht so unschuldig", sagte die Wirtin lächelnd und sah mich fast mitleidig an.

„Wieso unschuldig", fragte ich etwas verunsichert.

„Oh, junger Mann. Glauben Sie, Sie sind der einzige, der nach dem alten Sam fragt?"

„Mir war nicht bekannt, dass Sam Hawkens ein so begehrter Mann ist. Ehrlich gesagt hatte ich starke Zweifel, ob er überhaupt noch lebt. Glauben Sie, dass ich ihn einmal sprechen kann?"

„Woher kommen Sie?"

„Aus Deutschland."

„Oh, aus der Heimat Old Shatterhands."

„Ja."

„Was ist aus Shatterhand geworden? Zwar werden seine Abenteuer noch immer erzählt, aber man weiß wenig darüber, was er heute macht.

„Old Shatterhand ist zurzeit wieder in den Vereinigten Staaten. Wie ich hörte, besucht er mit seiner Frau die Niagarafälle und wird sicher auch bei den Mescalero Apatschen auftauchen, deren Häuptling er ja noch immer ist."

„Meinen Sie, dass er auch St. Louis besucht?"

„Das wird wohl kaum der Fall sein."

„Das ist schade. Der alte Sam hätte sich sicher gefreut. Darf ich Sie deshalb um etwas bitten?"

„Gerne."

„Erzählen Sie Sam nicht, dass Old Shatterhand im Land ist. Sam wäre sicher enttäuscht, wenn er erfahren würde, dass sein ehemaliger Schützling ihm keinen Besuch abstattet."

„Sie glauben also, Mr. Hawkens wird mich empfangen?"

„Warum nicht?"

„Nun, Sie haben erwähnt, dass viele Menschen Sam Hawkens zu sprechen wünschen."

„Das stimmt, aber ich bin so etwas wie Sams Vertraute. Wenn ich ihn bitte, wird er mit Ihnen sprechen."

„Das ist sehr liebenswürdig."

„Schauen Sie, ich verfüge über eine gute Menschenkenntnis. Und Sie gefallen mir, junger Mann."

„Das freut mich. Aber entschuldigen Sie meine Ungeduld. Wann glauben Sie, kann ich ihn treffen."

„Ich denke, er wird in etwa einer Stunde hier erscheinen."

„Hier erscheinen?", fragte ich ungläubig.

„Ja, er ist – wie jeden Tag – unterwegs."

„Unterwegs?"

„Er streift durch die Stadt, trifft sich mit Bekannten und Freunden, trinkt hier und da ein Gläschen und lässt den lieben Gott einen guten Mann sein."

„Er „streift" durch die Stadt?", fragte ich ungläubig.

„Ja sicher, und das täglich. An Werktagen, an Sonntagen und auch Feiertagen, wenn ich mich nicht irre … hi, hi, hi."

Ich fuhr herum, denn die Antwort auf meine Frage kam nicht von der Wirtin.

Es war …Sam Hawkens!

Er hatte sich, von mir unbemerkt, „herangeschlichen". Ich konnte meine Verlegenheit kaum verbergen und daher nur stammeln: „Mr. Hawkens?"

„Wer sonst?"

„Mr. Sam Hawkens?"

„Natürlich mein junges, deutsches Greenhorn."

Ich versuchte meine Unsicherheit zu verbergen und bemühte mich, selbstbewusst zu antworten:

„Greenhorn? Ich hoffe, dieses Wort ist Euch nur versehentlich über die Lippen gekommen."

„Bildet Euch nichts ein", sagte er lachend, „aber ich sehe, Sie kennen Ihren Winnetou."

„Alle drei Bände", versicherte ich stolz.

„So, alle drei Bände? Eine gute Leistung. Erlauben Sie, dass ich mich niederlasse."

Ohne meine Zustimmung abzuwarten, zog er sich einen Hocker heran und nahm neben mir Platz. Erst jetzt war es mir möglich, den „alten" Sam einmal genauer anzuschauen. Sam Hawkens! Er war natürlich gealtert, sein Bart ist grau geworden. Aber seine Äuglein waren immer noch listig und es hatte den Anschein, dass ihnen nichts entging. Ich muss gestehen, dass ich in diesem Augenblick nicht wusste, wie ich mich verhalten sollte. Aus heiterem Himmel kam mir ein Gedanke und noch bevor sich dieser Gedanke in meinem Gehirn festsetzen konnte, hatte ich ihn auch schon ausgesprochen: „Ich würde gerne mehr über Ihre Abenteuer erfahren, wenn es Ihnen recht ist."

„Sie meinen sicher die Abenteuer, die ich zusammen mit Old Shatterhand erlebt habe, wenn ich mich nicht irre?"

„Richtig."

„Und welchen Vorteil erhoffen Sie sich, wenn ich Ihnen die alten Geschichten erzähle?"

„Ich möchte sie für die Nachwelt festhalten."

„Die Ereignisse sind doch bekannt, wenn ich mich nicht irre. Old Shatterhand brachte sie doch zu Papier und, wie ich hörte, hat er in seiner Heimat hohes Ansehen errungen, als seine Bücher erschienen sind. Oder zweifeln Sie etwa an dem Wahrheitsgehalt seiner Schriften?"

„So sehr ich in meiner Jugend die Bücher verschlungen habe und so sehr ich auch Dr. Karl May schätze, mir sind natürlich einige Ungereimtheiten aufgefallen und ich möchte Sie nun bitten, mir durch Ihre Erzählungen einiges zu erklären."

„Ich möchte nicht, dass das heldenhafte Bild Old Shatterhands beschädigt wird."

„Was kann Sie das kümmern? Ich möchte die Wahrheit erfahren, mehr nicht!"

Er sah mich prüfend an und plötzlich, so schien es mir, blitzten die kleinen, listigen Äuglein auf.

„Okay! Trinken Sie Whisky?"

„Eigentlich ist mir ein deutsches Bier lieber, warum?"

„Nun ich dachte so bei mir, wenn ich mich nicht irre, hi, hi, hi, dass wir uns in meine Gemächer begeben und über die alten Zeiten sprechen. Leider wird mir, das mag an meinem hohen Alter liegen, die Zunge schnell trocken! Also schnappen Sie sich ein Fläschchen und folgen mir nach. Vergessen Sie aber nicht, den Obolus zu entrichten."

Sam Hawkens stieg von seinem Hocker und ging auf die Treppe zu, die wohl zu den Fremdenzimmern im ersten Stock führte. Die Wirtin reichte mir eine Flasche Whisky und ich entrichtete meinen Obolus, womit Sam sagen wollte, dass ich die Getränke zu zahlen hätte.

Was Sam Hawkens als seine „Gemächer" bezeichnete, war mehr als beeindruckend. Es handelte sich dabei eigentlich um zwei Zimmer, die aber zu einem großen Raum umfunktioniert worden waren, indem man die Zwischenwand entfernt hatte. Der Raum war nicht unordentlich, aber voller

Erinnerungsstücke. Ich sah mich interessiert um, denn es gab allerhand zu sehen.

„Sehen Sie sich nur um, junger Freund, derweil ich mich meiner Straßenkleidung entledige."

Er verschwand hinter einem Vorhang, während mein Blick, nachdem ich mich umgesehen hatte, an einem bestimmten Gegenstand, der an der Wand hing, fasziniert haften blieb. Das musste sie sein. Die berühmte Liddy!

„Ist das die Liddy, die hier an der Wand hängt, Mr. Hawkens?"

„Hängen noch andere Gewehre dort?" rief er mir, immer noch mit dem Umkleiden beschäftigt, zu.

Ich sah mich um.

„Nein, ich sehe keine mehr."

„Nun, dann wird es wohl die Liddy sein, wenn ich mich nicht irre, hi, hi, hi."

Seinen Sinn für Humor hatte er nicht verloren, aber ich war ihm nicht böse wegen dieser kleinen Neckerei. Kurze Zeit später erschien Mr. Hawkens und ich war sehr erstaunt. Vornehm in einen seidenen Hausmantel gekleidet ließ er sich in einem der ledernen Sessel nieder, die mir schon vorher aufgefallen waren.

„Nehmen Sie doch Platz, junger Mann, und machen Sie es sich gemütlich."

Mit diesen Worten griff er zur Whiskyflasche und goss sich eine kleine Menge in ein Glas.

„Was wollen Sie denn nun wissen, Greenhorn?"

„Alles – von Anfang an. Wie haben Sie Old Shatterhand kennengelernt? Stimmen all die Heldentaten? Was spielte das Kleeblatt für eine Rolle? Wie kam es zu dem tragischen...?"

„Stopp, junger Mann! Ich würde sagen, ich erzähle Ihnen die ganze Geschichte von Beginn an und hoffe, dies noch wahrheitsgemäß tun zu können. Die Ereignisse liegen ja schon lange Jahre zurück oder wie Winnetou sagen würde: Viele Monde sind seither vergangen. Aber ich werde Ihnen nun die Geschichte erzählen, die damals in St. Louis begann, und ich hoffe, mich nicht zu irren, wenn ich mich nicht irre, hi, hi, hi...!"

Kapitel 2 – Das Kleeblatt

„Nun spitzen Sie die Ohren und lauschen meinen Worten, junger Mann. Wir waren in den „dark and bloody grounds" nicht unbekannt. Bei vielen Westläufern und Indianerstämmen hatte der Name „THE LEAF OF TREFOIL" einen sehr guten Klang, aber ich kann heute nicht mehr genau sagen, wie wir zu dem Namen, – ich glaube in Deutschland würde man „Das Kleeblatt" sagen –, eigentlich kamen. Aber der Name stand für Freundschaft, Aufrichtigkeit und Treue. Unsere Abenteuer zeugten, wenn sie auch an manchen Lagerfeuern phantasievoll ausgeschmückt wurden, aber auch von Tapferkeit und Mut. Dick Stone und Will Parker haben mich schon vor langer Zeit verlassen und der Verlust der beiden Freunde schmerzt mich noch heute. Und so bin ich der einzige, der noch in der Lage ist, von den alten Zeiten und Abenteuern zu berichten, die, wie ich hörte, in der alten Welt sehr bekannt, ja fast schon zu Legenden geworden sind."

„Oh ja, Mr. Hawkens, Sie sind eine der beliebtesten Figuren in den Erzählungen des Herrn Dr. Karl May. Das kann ich Ihnen versichern. Ebenso wie sein Diener und Freund Hadschi Halef Omar Ben Hadschi Abul Abbas Ibn Hadschi Dawud Al Gossarah."

„Hadschi Omar Ben…, wer?"

„Hadschi Halef Omar Ben Hadschi Abul Abbas Ibn Hadschi Dawud Al Gossarah. Es gibt kaum einen Knaben in Deutschland, der diesen Namen nicht auswendig aufsagen kann."

„Und dieser Hadschi war ein Gefährte von Old Shatterhand?"

„Ja, er begleitete Kara Ben Nemsi, so wird Old Shatterhand im Orient genannt, bei vielen seiner Abenteuer."

„Erstaunlich, wo sich das Greenhorn überall herumgetrieben hat. Er wäre besser bei Nscho-Tschi geblieben, dann wäre vieles nicht geschehen, wenn ich mich nicht irre. Aber ich möchte Ihnen nun weiter von den Ereignissen berichten."

„Gerne, fahren Sie bitte fort."

„Es waren Begebenheiten, die unser Leben stark beeinflussten. Aber die Geschichten, die in verschiedenen Schriften derzeit unter das Volk gebracht werden, entsprechen nur selten dem, was wirklich geschehen ist. Berichte über die sogenannten „Helden des Wilden Westens" gehören meist in das Reich der Fantasie. So werden zum Beispiel die angeblich hervorragenden Fähigkeiten eines erfahrenen Prärieläufers oft vollkommen falsch dargestellt und bei genauerer Betrachtung sind solche Talente niemandem in die Wiege gelegt worden und lassen sich auch nicht erlernen. Ich denke da an das stundenlange Verharren auf Finger- und Zehenspitzen, an das angebliche ausdauernde Laufen, indem man zuerst das eine, dann das andere Bein mehr belastet und einiges mehr. Alles Fabeln! Auch den Begabungen eines Old Shatterhands, und selbst denen eines Winnetous, waren Grenzen gesetzt. Die irrige Annahme, dass aus der Silberbüchse nie ein Fehlschuss abgegeben worden sei, ist ebenso falsch wie die angebliche Angst der Indianer vor dem „Zaubergewehr" Old Shatterhands. Zwar stellten diese Waffen im „Westen" eine Besonderheit dar und erlangten durch ihre Besitzer eine gewisse „Berühmtheit", aber sie versetzten nicht jeden Gegner in Angst und Schrecken. Natürlich benötigte der Westman gewisse Eignungen für Dinge, die durchschnittliche Menschen vielleicht nicht besitzen, wenn ich mich nicht irre....! Aber auch der Abenteurer, der sich die Mühsal auferlegte, den Wilden Westen zu erkunden und in der freien, aber oft harten Natur zu überleben, war nur ein Mensch. Er musste Fleisch „machen", um seinen Hunger zu stillen, er verdurstete, wenn er im Llano Estacado vom rechten Wege abkam oder er fiel durch die Kugel oder den Pfeil eines heimtückischen Feindes, der hinter jedem Felsen auf ihn lauern konnte. Wir, also Dick Stone, Will Parker und auch meine Wenigkeit ergänzten uns durch die unterschiedlichsten Fähigkeiten des einzelnen. Meine Gefährten und auch ich waren also keine „schmückenden" Beigaben, für die wir wohl im Allgemeinen gehalten werden und die ihre Fähigkeiten, im Westen zu überleben, beim Erscheinen des Greenhorns Old Shatterhand anscheinend vollkommen verloren hatten. Unsere Kameradschaft war sprichwörtlich, aber nicht immer einfach. Wir waren keineswegs unzertrennlich. Oft gingen wir nach einer gewissen Zeit eigene Wege, wenn wir von einem langen Streifzug durch die Wildnis wieder zur Zivilisation zurückkehrten. Diese Trennungen konnten Wochen, ja sogar Monate dauern, aber der Kontakt riss in diesen Zeiten nie ab und wenn sich für uns eine Gelegenheit bot, wieder einmal eine lohnende Aufgabe zu übernehmen, waren wir uns oft schnell einig und ein neues Abenteuer wartete auf uns. Aber nicht alle Unternehmungen boten das, was heute unter dem Begriff Abenteuer verstanden wird. Eine gute und erfolgreiche Jagd auf Büffel oder Mustangs konnte ein vortreffliches Abenteuer sein. Natürlich gab es auch gefährliche Situationen, sogar solche, die Leib und Leben bedrohten und eines dieser Abenteuer kostete mich mein Haupthaar, das ich bis zu diesem Zeitpunkt mit vollem Recht und Stolz von Kindesbeinen an getragen habe, wenn ich mich nicht irre...!

Zu jener Zeit, in der ich Old Shatterhand zum ersten Mal begegnete, entschied das „Kleeblatt" nach einer längeren Trennung, seine Schritte wieder in den Westen zu lenken. Die Zivilisation begann uns zu erdrücken und wir sehnten uns nach der schier unendlichen Weite der Prärie. Es galt nun eine Tätigkeit zu finden, die unseren Ansprüchen genügte. Fälschlicherweise wurde das „Kleeblatt" als eine Gemeinschaft von tüchtigen Westmännern beschrieben. Nun gebe ich, wenn auch ungern zu, dass wir nicht eben auf harte körperliche Arbeit erpicht waren, sondern nur das Nötigste für unser Wohlbefinden taten. Wir unterschieden uns da kaum von den Menschen, die, um Erfolg zu haben, auch gerne den bequemeren Weg wählten. Auch bestand unsere Beschäftigung nicht darin, den Wilden Westen mit „law and order" zu beglücken. Wir waren ganz normale Westläufer, so wie es sie zu tausenden in der damaligen Zeit gab: weder gut noch böse, weder reich noch arm, weder niederträchtig noch besonders edel. Ich könnte die Frage, ob ich es heute als glückliche Fügung betrachten soll, dass wir die Bekanntschaft von Old Shatterhand gemacht haben, nicht eindeutig beantworten. Die Ereignisse, die uns in gewisser Weise bekannt machten, ergaben sich aus reinen Zufälligkeiten. Die

Verknüpfungen, die uns solche Abenteuer erleben ließen, wurden also vom Schicksal vorbestimmt, … wenn ich mich nicht irre!

Es galt, wie gesagt, für meine Gefährten und mich, eine einträgliche Beschäftigung zu finden, die uns aber erlaubte, auf die gewohnten Freiheiten nicht sonderlich verzichten zu müssen. Freiheit war für uns der Inbegriff des Lebens. Sie bedeutete Unabhängigkeit und Selbstbestimmung. Diese Vorzüge zu beschneiden, indem wir einer Tätigkeit nachgingen, welche uns wenig zusagte, fiel uns nie leicht. Natürlich stand uns die Jagd als beste Möglichkeit offen und sie garantierte uns auch die umfangreichste Ungebundenheit, aber es war an der Zeit, etwas anderes zu unternehmen, denn unseren letzten Verdienst erzielten wir eben mit diesem Handwerk.

Angebote waren reichlich vorhanden. Der Siedlerstrom war unerschöpflich und gute Scouts wurden immer benötigt. Glücksritter, Farmer, aber auch zwielichtige Gestalten drängten in den Westen, die Indianerstämme, die Jahrhunderte in diesen Gebieten ihre Jagdgründe besaßen, immer vor sich hertrieben oder, besser gesagt, vertrieben. Aber solche Gedanken beeinträchtigen nicht die Wahl unserer neuen Aufgabe. Die rote Rasse war dem Untergang geweiht und um der Wahrheit die Ehre zu geben, machten wir uns um den Fortbestand der indianischen Nation keinerlei Gedanken. Wir nahmen es als gegeben hin, dass die Ureinwohner dem Druck der weißen Siedler nicht standhalten würden, somit weichen mussten, und wir hatten auch nicht das Unrechtsbewusstsein, um unser Verhalten aufgrund dieser Tatsache in irgendeiner Weise zu ändern. Also standen uns alle Wege offen, um unsere Untätigkeit zu beenden.

Dick Stone und Will Parker hatten in unserer Gemeinschaft die gleichen Rechte wie ich. Die Annahme, dass ich die „erste Geige" in unserem Trio spielte, entspricht nicht der Wahrheit. Zwar hatten meine beiden Kameraden ihre gewissen Merkwürdigkeiten und Besonderheiten, aber die lernte ich im Laufe der Jahre kennen und habe sie schließlich akzeptiert. Sie ließen auch keine richtigen Rückschlüsse auf die Verbundenheit das „Kleeblatt" betreffend zu. Wir waren eine verschworene Gruppe, die durch nichts und niemanden in ihren Grundfesten hätte erschüttert werden können. Merkwürdigkeiten irgendwelcher Art sind meiner Person allerdings völlig fremd, ... wenn ich mich nicht irre… hi, hi, hi!"

"Irren Sie sich da nicht?" unterbrach ich den alten Herrn.

„Das wäre eine Seltenheit. Ich kann auch nicht ganz folgen. In welcher Beziehung soll denn ein solcher Irrtum vorliegen?"

„Sie sagten, dass Ihnen eigene Merkwürdigkeiten unbekannt sind."

„Ist Ihnen eine Merkwürdigkeit an meiner Person aufgefallen?"

„Nun, ich möchte nicht von einer Merkwürdigkeit sprechen, sondern lieber von einer liebenswerten Angewohnheit."

„Und welche wäre das?"

„Wenn ich mich nicht irre!"

„Wenn ich mich nicht irre?"

„Ja, Sie beenden oft einen Satz mit der Bemerkung: „wenn ich mich nicht irre."

Sam Hawkens blitzte mich mit seinen Äuglein an und ich erwartete nun ein wirkliches „Donnerwetter". Er warf sich stolz in die Brust, beugte sich zu mir herüber und schlug mir krachend auf die Schulter.

„Sie sind ja ein ganz kecker Bursche. Das gefällt mir. Also, nur keine Hemmungen, sagen Sie dem „alten Sam" nur tüchtig die Meinung, wenn Ihnen danach ist. Aber nun möchte ich weiter von den eigentlichen Ereignissen berichten, die unser Leben veränderten und zwar in einer Weise, wie wir es nicht für möglich gehalten hätten.

Nach einer der von mir schon erwähnten Trennungen von meinen beiden Gefährten Dick Stone und Will Parker trafen wir uns zu einem vereinbarten Zeitpunkt in St. Louis. Es gab niemals einen Zweifel daran, dass wir uns immer wieder zusammenfanden, um der Zivilisation nach einer gewissen Zeit zu entfliehen. Niemand von uns wäre auf den Gedanken gekommen, sich ohne seine Kameraden auf einen neuen Lebensabschnitt zu begeben. Wenn der Westen „rief", war das „Kleeblatt" zur Stelle. Die Gleichberechtigung zwischen uns führte nie zu längeren Disputen, was die Auswahl einer neuen Unternehmung anging. Ein Jeder tat seine Meinung kund und sehr bald trafen wir immer einvernehmlich eine Entscheidung, die meine Gefährten und mich zufrieden stellte. Genauer betrachtet hatten diese Besprechungen auch den Zweck, die Wiedervereinigung des „Kleeblattes" ausgiebig zu feiern. Zwar floss der Whiskey nicht in Strömen, aber der Genuss dieses edlen Getränkes gestaltete unsere Unterhaltung lebhafter. Selbst dem sonst so wortkargen Dick Stone löste der Whisky die Zunge und veranlasste ihn zu manchem

Redeschwall, den er bei fortgeschrittener Zeit und dem weiteren Genuss des goldgelben Getränkes mit einladenden Gesten zu unterstreichen bemüht war. Kurzum, solche Abende führten nicht nur zu einer Entscheidung, die unsere nächste Tätigkeit betraf, sondern gab uns auch die Möglichkeit, alte Erinnerungen aufzufrischen oder Geschichten zu erzählen, die wir gerne etwas ausschmückten und bei denen der jeweilige Erzähler sich gerne selbst in den Mittelpunkt stellte.

Der Untergang der roten Rasse, die nicht den Hauch einer Chance hatte diesen abzuwenden, bestand unter anderem in der angeblichen Zivilisierung des sogenannten „Wilden Westens". Aus heutiger Sicht waren wir alle Helfershelfer, überhebliche Menschen, die glaubten, aufgrund ihrer Hautfarbe höhergestellt zu sein als andere Geschöpfe Gottes, die eben nicht das zweifelhafte Glück hatten, weiß zu sein. Der Bau der Eisenbahn unterstützte nicht nur die Besiedelung des Westens, sondern bot auch zwielichtigem Gesindel die Möglichkeit, mehr oder weniger „bequem" die Spitze der ausgebauten Strecke zu erreichen. Ortschaften, deren Namen heute vergessen sind und nur aus groben Holzbrettern bestanden, die von einigen Nägeln zusammen gehaltenen wurden, schossen aus dem kargen Boden, um dann in der gleichen Geschwindigkeit wieder zu versinken, wenn der Tross der Bahnarbeiter weiterzog. Doch bevor die Arbeiter die Schwellen für das „Feuerross" verlegen konnten, um die stählernen Stränge darauf zu schlagen, musste das jeweilige Gebiet vermessen werden. In einigen Sektoren wurden diese Vorbereitungen ohne große Probleme durchgeführt.

Entweder wurden die „Roten", also die eigentlichen Eigentümer des entsprechenden Territoriums, mit Verträgen geködert, deren Inhalte ihnen das Blaue vom Himmel versprachen, aber nur in den seltensten Fällen eingehalten wurden oder die Zivilisation brachte ihnen eine ihrer ärgsten und schlimmsten Errungenschaften: den Alkohol! Er machte die einst so stolze „rote Rasse" nicht nur abhängig, sondern auch willenlos. Es gab jedoch auch Stämme, die sich, zwar auf Dauer erfolglos, aber bis zum letzten Atemzug gegen den sogenannten und aufgezwungenen Fortschritt und dem damit verbundenen Raub ihrer Jagdgründe wehrten. Wie gesagt, ein aussichtsloser Kampf. Wir machten uns über die für den „roten Mann" verheerenden Folgen des Eisenbahnbaus, ich erwähnte es bereits, damals keine Gedanken. Der Fortschritt war nicht aufzuhalten, von nichts und niemandem, und wir waren sogar der Meinung, als wir uns entschlossen hatten, uns einem dieser Vermessungstrupps als Scouts zur Verfügung zu stellen, dass wir eine Arbeit verrichteten, die – wie viele andere auch – ehrlich und ehrenvoll war. Natürlich hatten wir auch die Möglichkeit, direkt zu einem Bautrupp zu stoßen, bei dem uns die Aufgabe zugefallen wäre, den Nachschub zu organisieren und für dessen reibungslosen Ablauf zu sorgen. Es wäre sicherlich eine ordentliche Arbeit gewesen, auch wenn es absehbar war, dass sie in eine gewisse Routine verfallen wäre. Routine war aber nicht unsere Sache. Deshalb entschieden wir uns für eine abwechslungsreichere Beschäftigung, die uns ein gewisses Maß an Freiheit bot.

Zurückblickend kann ich heute nicht mehr sagen, ob ich diese Entscheidung mit meinen Freuden noch einmal getroffen hätte, wenn es mir möglich gewesen wäre, in die Zukunft zu schauen, wenn ich mich nicht irre ... hi, hi, hi! Eine Anstellung als Scouts bei einer der Gesellschaften zu finden, stellte kein großes Problem dar. Wie ich bereits erwähnte, waren wir in diesen Kreisen nicht unbekannt. Wir entschieden uns für die Central Pacific Railroad und erhielten genaue Anweisungen, wo und wann die Arbeitsaufnahme stattfinden sollte, nachdem wir unsere Entlohnung ausgehandelt hatten. Die Zeit bis zu unserem Aufbruch war knapp bemessen. Selbstverständlich konnten wir auf eine gute Ausrüstung zurückgreifen, die sich immer in hervorragendem Zustand befand, aber es gab natürlich noch einiges an Kleinigkeiten zu besorgen, die uns die langen Tage in der „Wildnis" angenehmer machen sollten. Die Zeit drängte, als mir Mr. Henry zwei Tage vor unserem Aufbruch durch einen Boten mitteilen ließ, dass er mich zu sprechen wünsche und ich ihn umgehend aufzusuchen habe.

Kapitel 3 – Mr. Henry

Mr. Henry war ein sehr bekannter und gleichzeitig einer der besten Büchsenmacher der damaligen Zeit und der „Henrystutzen" sollte einmal im ganzen Westen seinem Namen alle Ehre machen. Eben wegen seiner außergewöhnlichen Fähigkeiten und seiner einzigartigen Handwerkskunst war es ihm möglich, sich seine Kunden aussuchen zu können. Aber selbst diese „auserwählten" Käufer seiner Waren erfreute er nicht mit besonderer Freundlichkeit. Es ist keine Übertreibung, wenn ich an dieser Stelle einmal behaupte, dass Mr. Henry ein sehr ungemütlicher Zeitgenosse war, wenn ich mich nicht irre! Selten sah man ein Lächeln auf seinen Zügen oder hörte ein freundliches Wort über seine Lippen kommen. Natürlich hatte die Verbitterung dieses alten Mannes seinen Grund. Durch ein fürchterliches Verbrechen verlor er Frau und Sohn, aber über dieses Ereignis sprach er selten und vergrub sich in Einsamkeit und stiller Trauer. Wie erwähnt, ließ mir Mr. Henry eine Nachricht zukommen, deren Inhalt typisch für ihn war. Er bat nicht um einen Besuch, er ordnete ihn an. Kein bittendes Wort, sondern eher ein Befehl, der zu befolgen war, wenn nicht ein sehr wichtiger Anlass vorlag, der mein Erscheinen bei dem Büchsenmacher unmöglich gemacht hätte. Meine Gefährten konnten sich ein Lächeln nicht verkneifen, als ich sie über die bevorstehende Zusammenkunft mit Mr. Henry unterrichtete. Ich flunkerte ein wenig, indem ich Ihnen weismachte, dass Mr. Henry mich um dieses Treffen gebeten hätte.

„So", sagte Will, „Mr. Henry hat Dich also um eine Unterredung gebeten?"

„Was ist daran so verwunderlich, altes Coon?"

„Nun Sam, seit wann b i t t e t Mr. Henry?"

„Normalerweise nicht, da stimme ich Dir zu, lieber Will, aber wahrscheinlich mache ich auf ihn den Eindruck eines vornehmen Menschen, den man eben bittet und ihm nicht befiehlt, wenn ich mich nicht irre! Und da ich die Absicht habe, dieser Bitte nachzukommen, werde ich mich auch gleich auf den Weg machen."

„Das ist Dir auch anzuraten, Sam. Mr. Henry lässt man nicht warten."

„Natürlich nicht, Dick, natürlich nicht. Es gebietet die Höflichkeit, auf eine nette Bitte freundlich zu reagieren. Im Übrigen trifft es sich gut, denn ich wollte mit meiner alten „Liddy" vor unserem Aufbruch noch zu Mr. Henry. Sie kränkelt ein wenig."

„Wer kränkelt?"

„Meine Liddy!"

„Sam, ein Gewehr kränkelt nicht. Es besteht aus Holz, Metall und Mechanik, mehr nicht! Es ist kein menschliches Wesen, dem man einen Namen geben sollte. Das predige ich Dir schon seit vielen Jahren."

„Das sehe ich anders. Aber ich kann mir denken, warum Du zu Deinem Schießprügel keine besondere Beziehung hast."

„Warum?"

„Es liegt an Deiner Treffsicherheit, lieber Will. Du triffst wenig, aber oft, und dann viel, nur nicht das Ziel. Komm Liddy!"

Wieder schmunzelten meine beiden Kameraden und dies taten sie auch noch, als ich, mir mein Gewehr unter den Arm klemmend, den Raum verließ. Auf dem Weg zu Mr. Henry stellte sich mir die Frage, was den alten Büchsenmacher dazu veranlasst hatte, mich um eine Unterredung zu bitten, wobei der Begriff „bitten", da hatten meine Gefährten natürlich recht, zu der Nachricht des alten Herren nicht passte. Mr. Henrys Botschaft war, wie ich schon erwähnte, klar, unverwechselbar und unmissverständlich. Der Bote hatte mir einen Zettel übergeben, auf dem nichts weiter als der Satz stand:' Mr. Hawkens, werdet unverzüglich bei mir vorstellig, Henry. Von Höflichkeitsfloskeln hielt der Alte nicht viel, aber diese und andere Eigenarten des Herrn waren ja bekannt und eigentlich auch kein Grund für mich, ihn nicht aufzusuchen, denn es geschah äußerst selten, dass Mr. Henry etwas auf dem Herzen hatte und einen anderen Grund konnte ich mir nicht vorstellen. Meine Rechnungen, die meine „Liddy" verursachten, wenn sie mal wieder „auf Vordermann" gebracht werden musste, waren beglichen, so wie sich das gehörte, also konnten noch offene Zahlungen nicht der Grund sein. Ich kann nicht verhehlen, dass mich auch die Neugier so schnell wie möglich zu dem Büchsenmacher trieb und ich es kaum erwarten konnte zu erfahren, um welche Angelegenheit es sich handelte.

Wissbegierig betrat ich den Verkaufsraum seines Geschäftes. Genauer betrachtet war von einem Verkaufsraum nur noch wenig zu erahnen. Zwei Vitrinen verstaubten in dem kleinen Laden und mit ihnen die Waffen, die in ihnen „ausgestellt" waren. Beim Öffnen der Ladentür berührte diese ein kleines Glockenspiel, dessen Klang eigentlich den Besitzer des Betriebes auf den Plan rufen sollte, wenn er am Absatz seiner Waren interessiert gewesen wäre. Bei

Mr. Henry war dies nicht der Fall und das Glockenspiel fristete ein bedeutungsloses Dasein. Geräusche aus der Werkstatt, deren Eingang sich hinter einer der Vitrinen befand, ließen mich vermuten, dass der Büchsenmacher dort seiner Tätigkeit nachging. Ich schritt zu dem Durchbruch, der in den Arbeitsraum führte. Der Alte feilte gebeugt an einem Werkstück und schien meinen Eintritt nicht bemerkt zu haben. Ich klopfte an den Türrahmen, um auf mich aufmerksam zu machen. Mr. Henry ließ sich nicht stören und ohne aufzublicken sagte er: „Kommt herein, Mr. Hawkens."

Mich erstaunte das Verhalten des Alten nicht, bestätigte es doch meine Vermutung, dass er keinerlei Kunden und außer mir auch keinen Besuch erwartete.

„Seid gegrüßt Mr. Henry. Wie gehen die Geschäfte?"

Er reagierte nicht auf meine Begrüßung und erst recht nicht auf meine Frage, die eigentlich nur dazu dienen sollte, die Unterhaltung in Gang zu bringen. Er richtete sich auf, legte die Feile beiseite und antwortete: „Wie ich hörte, Mr. Hawkens, seid Ihr im Begriff, einen Vermessungstrupp in den Westen zu begleiten."

„Das ist richtig Mr. Henry. Es geht den Canadian nach New Mexiko hinauf – in die Gebiete der Apatschen und Kiowas."

„Ein nicht ganz ungefährliches Unterfangen, oder?"

„Das kann ich noch nicht abschätzen, aber soweit ich informiert bin, wurde mit den Kiowas ein Abkommen getroffen. Was die Apatschen angeht, wird wohl auch noch eine Einigung erzielt werden."

„Dick Stone und Will Parker sind mit von der Partie?"

Ich wunderte mich etwas über diese Frage, denn selbst Mr. Henry lebte nicht so abgeschieden, um nicht zu wissen, dass die Unzertrennlichkeit des „Kleeblattes" schon sprichwörtlich war.

„Selbstverständlich, Mr. Henry. Natürlich werden meine beiden Gefährten dabei sein, so wie immer, wenn ich mich nicht irre."

„Ihr seid erfahrene Westmänner, wie allgemein bekannt ist, und könnt die Gefahren einer solchen Unternehmung abschätzen und ihnen gegebenenfalls entsprechend entgegentreten. Ist diese Annahme richtig, Mr. Hawkens?"

„Es freut mich zu hören, dass Ihr Euch Gedanken um unsere Sicherheit macht, Mr. Henry, aber..."

„Unsinn", unterbrach er mich forsch, „es geht mir nicht um Euch, Mr. Hawkens, sondern um ein Greenhorn. Das Talent dieses jungen Mannes verkümmert hier im Osten und er muss unbedingt in den Westen, wo er mit Sicherheit seinen Weg und sein Glück machen wird. Da bin ich mir ganz gewiss."

„Es freut mich für den jungen Mann, dass Ihr eine so hohe Meinung von ihm habt und er euer Wohlwollen gewonnen hat, was eigentlich ja sehr selten..."

Geistesgegenwärtig stockte ich, den Rest des Satzes nicht vollendend, indem ich Mr. Henry daran erinnern wollte, dass sein Wohlwollen nur sehr schwer zu erwerben sei.

„Ja, das hat dieses Greenhorn, Mr. Hawkens, das hat es. Und noch mehr als mein Wohlwollen. Er erinnert mich an meinen ... aber das geht Euch nichts an!"

„Schon gut, Mr. Henry."

Mr. Henry schien sich für unsere Unterhaltung die Zeit nehmen zu wollen, welche er für angemessen hielt. Mir war noch nicht bewusst, aus welchem Grund ich den Büchsenmacher aufsuchen sollte. Was hatte es mit dem jungen Mann auf sich, den er so in sein Herz geschlossen hatte?

„Und was kann das Kleeblatt für Euch tun?" fragte ich.

„Ihr werdet den jungen Mann unter Eure Fittiche nehmen. Ihr werdet ihn in allen Fähigkeiten unterweisen, die ein Westman beherrschen muss."

„Ihr meint..."

„Wann brecht Ihr auf?"

„Übermorgen, Mr. Henry, aber..."

„Sehr gut, er wird zur Stelle sein."

Es war nie meine Art, respektlos zu erscheinen und eine gewisse Freundlichkeit konnte man mir sicher nachsagen, wenn ich mich nicht irre, aber Mr. Henrys Forderung, denn von einer Anfrage konnte nach den bestimmenden Sätzen wohl kaum die Rede sein, erschien mir unverhältnismäßig und trotz meiner Bewunderung für den alten, kauzigen Herrn, war ich nicht bereit, einen jungen unerfahrenen Mann, der uns wahrscheinlich sehr hinderlich sein würde, mitzunehmen. Diese Entscheidung konnte ich mit ruhigem Gewissen alleine fällen, denn meine beiden Freunde waren sicher der gleichen Meinung. Es galt nun, Mr. Henrys Wunsch so höflich wie möglich abzuweisen, ohne den Büchsenmacher ernsthaft zu kränken oder zu beleidigen.

„Mr. Henry, ich denke nicht..."

„Er ist wirklich ein prachtvoller Mensch, Mr. Hawkens. Ohne Fehl und Tadel, wie man so schön sagt."

„Trotzdem Mr. Henry, unser Vorhaben ist sicher nicht ganz ungefährlich und verlangt den Beteiligten wahrscheinlich einiges ab. Ein Greenhorn wäre in einer solchen Gesellschaft fehl am Platz."

Mr. Henry schien meine Worte nicht gehört zu haben oder er wollte sie nicht hören. Unbeirrt fuhr er fort: „Seine Ausrüstung ist besorgt und er wird auch sehr gut beritten sein."

Mit einem erneuten Einwand versuchte ich Mr. Henrys Aufmerksamkeit zu erregen: „Das ist ja alles schön und gut, mein lieber Mr. Henry, aber wie ich eben schon sagte..."

Wieder unterbrach er mich: „Nun, Ihr werdet ihn ja morgen kennenlernen."

„Morgen?"

Diese Frage schien Mr. Henry plötzlich verstanden zu haben, denn er antwortete ohne zu zögern: „Ja, morgen. Wir werden unser Dinner bei der Familie Welter einnehmen. Betrachtet Euch als eingeladen."

„Mr. Henry," sagte ich daraufhin in einem etwas energischerem Tonfall, „wie ich bereits versuchte Euch deutlich zu machen, kann ich Eure Bitte nicht erfüllen."

„Und zieht Euch etwas Anständiges an, Mr. Hawkens. Wir speisen bei vornehmen Leuten."

Wieder ignorierte er meine Bedenken, aber seine letzte Bemerkung ließ mich einen Augenblick vergessen, dass ich es mit einem ausgekochten, alten Spitzbuben zu tun hatte. Ohne zu ahnen, in welche Falle er mich locken wollte, reagierte ich auf seine soeben gemachte Bemerkung mein Erscheinungsbild betreffend:

„Was ist nicht in Ordnung mit meiner Kleidung, Mr. Henry?"

„Für den Westen mag sie angebracht sein, Mr. Hawkens. Auch wenn sie beim Herumlungern in zwielichtigen Etablissements getragen wird, gibt es daran nichts zu bemängeln."

„Wir lungern nicht in zwielichtigen Etablissements herum."

„Man hört so einiges Mr. Hawkens, man hört so einiges."

„Hier und da mal ein kleines Schlückchen wird doch wohl erlaubt sein, oder?", erwiderte ich in einem sehr bestimmenden Ton, denn nun ging der „Alte" etwas zu weit.

„Selbstverständlich, Mr. Hawkens, selbstverständlich. Ich möchte nur vermeiden, dass Ihr in Eurem ganzen Ornat dort erscheint."

„Ornat?"

„Nun, ich meine all diesen Plunder, mit denen Westmänner wie Ihr, glaubt Euch schmücken zu müssen."

„Zum Beispiel?"

„Ich möchte mich nicht in Einzelheiten verlieren. Aber auf Ketten aus Bärenklauen und anderen Schmuck könntet Ihr schon verzichten. Ich möchte nicht, dass das Greenhorn bei der ersten Begegnung einen falschen Eindruck von Euch bekommt."

„Es wäre ja wohl eher an dem Greenhorn, einen guten Eindruck auf mich zu machen, denn es ist ja wohl so, dass er sich uns anschließen möchte oder gehe ich in dieser Annahme fehl?"

„Es freut mich, dass Ihr Euch bereit erklärt, den jungen Mann unter Eure Fittiche zu nehmen, Mr. Hawkens."

In diesem Augenblick wurde mir schlagartig klar, dass mich Mr. Henry „über den Löffel balbiert" hatte. Meine einzige Chance, das „Kleeblatt" nicht mit einem Greenhorn zu belasten, bestand darin, dies unmissverständlich bei der ersten Begegnung dem Greenhorn persönlich klar darzulegen.

Mr. Henry schien sich über den Erfolg seines kleinen Tricks innerlich zu amüsieren. Ich glaubte, ein kleines Schmunzeln auf seinen Lippen erkannt zu haben. Aber einen Augenblick später verwandelte er sich wieder in den Mann, den alle als mürrischen Menschen kannten.

„So, Mr. Hawkens, nun habt Ihr mir genug meiner Zeit gestohlen. Hier habt Ihr Eure Einladung. Die Adresse steht deutlich drauf. Wir sehen uns also morgen zum Dinner um 8 Uhr!"

„Mir ist die Familie Welter bekannt, Mr. Henry."

„Vortrefflich, Mr. Hawkens, vortrefflich! Wir sehen uns also bei der Familie Welter!"

Mit diesen Worten wandte sich der alte Büchsenmacher wieder seiner Arbeit zu und deutete mir damit an, dass er unser Gespräch für beendet sah. Als ich den Laden verließ, und das unnötige Glockenspiel mich verabschiedet hatte, wurde mir bewusst, dass ich vor einem Problem stand. Es war zwar anzunehmen, dass es nicht dazu kam, das „Kleeblatt" zu einer Art Lehrwerkstatt für Westmänner zu machen, aber trotzdem würden Dick und Will sicher fragen, was Mr. Henrys Begehr gewesen sei. Natürlich kam es mir nicht in den Sinn, meinen Gefährten die Unwahrheit zu sagen, was aber nicht bedeutete, meine „Niederlage" gegen Mr. Henry besonders ausschmücken zu müssen. Wie ein Greenhorn tappte ich in die Falle des Alten, dem ich aber deshalb nicht gram war, sondern der ganzen Unterhaltung sogar noch etwas Heiteres abgewinnen konnte. Ich beschloss, die Unterredung mit dem alten Kauz nur insoweit wiederzugeben, was die Absichten von Mr. Henrys Vorhaben betraf.

Als ich unser Quartier erreichte, hatte ich mir mein Vorgehen schon zurechtgelegt. Natürlich überfielen mich die beiden Freunde mit Fragen, noch ehe ich das Zimmer ganz betreten hatte und die Tür schließen konnte.

„Nun, Sam?"

„Was ist Dein Begehr, William Parker?"

„Mein Begehr?"

„Möchtest Du eine Frage an mich richten, einen Wunsch äußern oder kann ich Dir in irgendeiner Weise ansonsten dienlich sein?"

„Du? Mir dienlich?"

„Ich habe den Eindruck, Du wünschest eine Auskunft darüber, welche Angelegenheit mich heute zu einem Besuch bei dem verehrten und liebenswürdigen Mr. Henry veranlasste, wenn ich mich nicht irre."

Will Parker sah mich verständnislos an.

„Verehrt? Liebenswürdig?"

„So sagte ich, Mr. Parker, so sagte ich."

Dick Stone, den Will nun ebenso überrascht ansah, konnte sich ein Schmunzeln nicht verkneifen, war ihm doch bewusst, dass es nun wieder zu einer der immer wiederkehrenden Redeschlachten zwischen mir und Will kommen würde, die meist mit einer Niederlage meines Freundes endeten. Der gute

Will zog aber keine Lehre daraus, sonders ließ sich stets auf ein erneutes Streitgespräch mit mir ein. Mit der Frage: „Wir sprechen von der gleichen Person, dem Büchsenmacher Mr. Henry?" eröffnete er das verbale Gefecht, das nun folgen sollte.

„In der Tat."

„Und Du sprichst von einem verehrten und liebenswürdigen Mr. Henry?"

„In der Tat."

„Und wir sprechen wirklich von der gleichen Person, dem Büchsenmacher?"

„In der Tat."

„Also, das verstehe ich nicht."

„In der Tat".

„In der Tat, in der Tat! Ist das alles, was Du zu sagen hast?"

„In der Tat, mein lieber William. Ich verstehe Deinen Zweifel an meinem soeben gesprochenen Wort. Aber ich führte ein freundliches Gespräch mit dem lieben Mr. Henry, denn anscheinend hat er in mir endlich den Menschen gesehen, der ich wirklich bin."

„Und was bist Du?"

„Ein Gentleman, ein Ehrenmann, kurz, eine hervorragende, exzellente, beispiellose, außergewöhnliche und vornehme Persönlichkeit. Und genau das hat Mr. Henry nach Jahren der Unterschätzung meiner Person nun endlich erkannt und mich schätzen gelernt, wenn ich mich nicht irre."

„Mir fehlen die Worte."

„Verständlich, lieber William, verständlich. Natürlich ist es schwer für einen gewöhnlichen Westläufer, zu denen Du ja gehörst, nach so vielen Jahren einzusehen, dass Dein lieber Sam nicht nur charakterlich, und um es weiterhin nicht zu verschweigen, nun auch gesellschaftlich weit über Dir steht."

„Du redest und redest, aber leider verstehe ich Dich nicht ganz."

„Darüber mache Dir keine Gedanken. Nicht jedem ist es gegeben zu verstehen."

„Mir wohl auch nicht", sagte Will.

Sein fragender Blick wechselte zwischen Dick und mir und er schien mir in dem Glauben zu sein, dass ich meinen Verstand verloren hätte.

„Willst Du uns nicht endlich mitteilen, was Du mit Mr. Henry zu besprechen hattest?"

„Sicher, liebe Freunde, ich werde Euch gerne einweihen, möchte aber nicht, dass Ihr vor Neid erblasst."

„Wir werden alles, was Du uns berichtest, mit Fassung ertragen", versicherte mir Dick, der es wohl für angebracht hielt, sich nun an unserem Gespräch zu beteiligen.

„Nun, meine lieben Gefährten, ich bin nicht sicher, ob es Euch nicht kränken wird, aber den morgigen Abend werdet Ihr leider alleine verbringen müssen."

„Unseren letzten Abend vor dem Aufbruch willst Du nicht mit uns zusammen sein? Den Abschied von der Zivilisation feiern? Hier in St. Louis, der Stadt mit einem solchen Nachtleben? Willst Du Dich denn nicht noch ein wenig amüsieren, alter Sam? Denke bitte an die Möglichkeit, dass wir vielleicht Monate lang keine Gelegenheit haben werden, uns zu vergnügen."

„Deine Sorge um meine Person rührt mich, William, aber ich werde mich schon, so wie Du Dich ausdrücken würdest, vergnügen, wenn auch auf einer anderen, ich möchte sagen, höheren Ebene."

„Auf einer anderen, höheren Ebene?", echote Dick.

„Richtig. Ich werde den morgigen Abend, also mein Dinner in einer Gesellschaft einnehmen, also in Kreisen, die nur für Personen meines Standes erreichbar sind."

„Sam! Lass endlich die Katze aus dem Sack. Was wollte Mr. Henry? Dieses ganze Gerede hängt doch mit Deinem Besuch bei dem alten Mann zusammen, oder?"

„Deine Scharfsinnigkeit erstaunt mich immer wieder, Dick. Natürlich hast Du es erraten, aber um Euch nicht weiter auf die Folter zu spannen: Mr. Henry und meine Wenigkeit erhielten eine Einladung zum Dinner. Und zu diesem Dinner bittet uns eine der vornehmsten Familien dieser Stadt."

Die beiden schauten sich verdutzt an. Sie schienen wirklich ernsthafte Zweifel an meinen Worten zu hegen. Einer Lüge wollten sie mich sicher nicht bezichtigen und damit standen ihnen nur zwei Möglichkeiten zur Verfügung. Entweder hatte ihr „alter" Sam den Verstand verloren oder er nutze die Unterhaltung mit Mr. Henry und die damit verbundene Abwesenheit, um noch das eine oder andere Gläschen alleine zu trinken.

„Du und Mr. Henry zum Dinner? Eingeladen zu einer Abendgesellschaft? So mutig wird wohl kein Gastgeber sein, denn Du, lieber Sam, bist wirklich kein guter Gesellschafter. Nur Dick und ich verstehen Deine kauzige Art und akzeptieren Dich so, wie Dich die Natur uns geschenkt hat."

Bei den letzten Worten schlug sich Will lachend auf die Schenkel und er schien sich nicht mehr beruhigen zu wollen.

„Es ist unter meiner Würde, mich in irgendeiner Weise zu einer Erwiderung herabzulassen. Deshalb schweige ich lieber, denn ich kenne meine Vorzüge, wenn ich mich nicht irre, mein lieber William."

„Aber Samuel Hawkins, wer wird denn gleich so abweisend sein? Sicher wird es ein feuchter Abend, aber sicher kein fröhlicher. Mr. Henry gilt ja nicht eben als großer Humorist."

Wieder schüttelte er sich vor Vergnügen.

„Es handelt sich auch um eine etwas ernstere Angelegenheit, um nicht zu sagen, um eine sehr schwierige Entscheidung, die ich für uns zu treffen habe."

Dick, ansonsten meist sehr zurückhaltend, sprach nun einmal ein Machtwort: „Seit wann triffst Du die Entscheidungen für uns?"

„Das tue ich schon seit Jahren. Um es genau sagen, seit ich Euch Greenhörner in die Lehre genommen habe. Leider fielen meine Bemühungen nicht auf besonders fruchtbaren Boden."

„Aber sicher wirst Du die Freundlichkeit haben, uns nun einmal zu informieren."

„Ich wollte gerade damit beginnen. Der ehrenwerte Mr. Henry hat meine Fähigkeit erkannt, aus einem talentierten Frischling einen brauchbaren Westman zu machen. Dass er dies annimmt, löst bei mir allerdings etwas Erstaunen aus, denn besondere Erfolge kann ich leider nicht vorweisen. Ihr beiden seid die lebenden Beispiele dafür. Aber selbst dem besten Lehrmeister sind die Hände gebunden, wenn bei den Schülern die unbedingt notwendigen

Begabungen nicht vorhanden sind, wenn ich mich nicht irre."

Dick und Will überhörten mit freundschaftlichem Wohlwollen meine letzten Worte, denn derartige Äußerungen waren beide von mir gewohnt und dass sie ihnen keine Bedeutung schenken würden, war auch mir bewusst. Die Neugier auf ihren Gesichtern war unübersehbar und sie konnten es kaum erwarten, meinen Ausführungen weiter zu lauschen. Deshalb fuhr ich auch umgehend fort.

„Ihr kennt ja Mr. Henry. Er ist sehr verstockt, unfreundlich und meidet normalerweise einen engeren Kontakt mit seinen Mitmenschen. Was die Familie Welter, wo ich morgen Abend zu Gast bin, angeht, scheint sich dies aber anders zu verhalten. Bei dieser Familie – wir sind mit den Herrschaften ja auch bekannt und haben schon manch gutes Geschäft mit ihnen getätigt – scheint er ein gern gesehener Gast zu sein und hat wohl bei einem seiner Besuche dort einen jungen Mann kennengelernt und anscheinend einen Narren an ihm gefressen."

„Der alte Henry hat jemanden in sein Herz geschlossen? Kaum zu glauben."

„Ja, Will. Es ist wohl so! Erstaunlich, sehr erstaunlich, aber wahr!"

„Sehr erstaunlich, da gebe ich Dir recht. Aber was hat das mit uns zu tun, Sam," fragte Dick.

„Ich komme noch dazu und genau genommen ist die Sache ganz einfach. Dieser junge Mann soll das Zeug dazu haben, ein ausgezeichneter Westman zu werden. Natürlich nur unter fachmännischer Unterweisung, die mir aufgrund meiner Einfühlsamkeit wohl obliegen würde."

„So ganz kann ich Dir nicht folgen, Sam."

„Das ist nichts Neues, Will. Aber nun zur Sache. Mr. Henry trat mit der Bitte an mich heran, diesen jungen Mann an unserer bevorstehenden Unternehmung teilhaben zu lassen."

„Wie bitte?"

Für einen Mann wie Dick Stone war die schnelle Reaktion auf meine Bekundung schon blitzartig zu nennen.

„Nun, wie ich eben ausführte, bat mich Mr. Henry um die Erlaubnis, dass sich dieser junge Mann uns anschließen kann."

„Du hast dieses Ansinnen natürlich sofort abgelehnt, oder Sam?"

„Selbstredend, Will, selbstredend! Wir begeben uns auf eine wahrscheinlich nicht gerade ungefährliche Reise. Ein Greenhorn würde uns nur belasten. Dies habe ich auch Mr. Henry unmissverständlich erläutert."

„Eine sehr vernünftige Entscheidung, die auch ganz in unserem Sinn ist. Aber Du sprachst eben davon, dass Du für uns noch eine Entscheidung zu treffen hättest. Wieso? Wenn Du abgelehnt hast, ist doch alles klar und wir sind mit der Entscheidung mehr als einverstanden, oder Dick?"

Dick Stone nickte.

„Wäre auch unverantwortlich, einen jungen Menschen in unnötige Gefahren zu bringen", fuhr Will fort.

„So sehe ich das auch", fügte Dick hinzu, „aber wozu denn die Einladung, wenn Dein Entschluss schon feststeht, den wir natürlich voll und ganz unterstützen?"

„Ich bin der Meinung, dass ich mir den jungen Mann ja einmal ansehen könnte. Warum sollte ich dem „alten" Henry diesen kleinen Gefallen nicht erweisen?"

„Du hast wirklich ein gutes Herz, alter Sam."

„Stimmt Dick Stone, altes Coon."

„Und genau diese – eigentlich durchaus löbliche – Eigenschaft wird uns wieder die Suppe auslöffeln lassen, die Du uns bald einbrocken wirst, Sam."

„Suppe? Welche Suppe könnte ich Euch denn einbrocken, Ihr Greenhörner! War es nicht immer an mir, mein ganzes Wissen, Können, meine Erfahrungen und meine Geduld jahrelang an Euch zu verschwenden? Wie habe ich unter Euch gelitten! Viele Jahre habe ich geopfert, um aus Euch beiden auch wirkliche Westmänner zu machen. Vergebene Liebesmühe! Leider! Aber solange Ihr Euch unter meinem Schutz befindet, werden wir alle Abenteuer sicher überstehen. Wenn ich mich nicht irre!"

Am darauf folgenden Spätnachmittag war es langsam an der Zeit, mich auf den Abend vorzubereiten. Meine beiden Gefährten schärften mir noch einmal ein, mich nicht beirren zu lassen und uns nicht mit einem „Frischling" zu belasten.

Mit den Worten: „Ich sagte ja bereits, dass ich nicht gewillt bin, mir neben Euch beiden noch ein weiteres Greenhorn aufzuhalsen. Aber ich werde den Abend genießen. Ein gutes Essen, erfrischende Getränke, nette Damen", versuchte ich meine Freunde zu beruhigen.

„Damen?", unterbrach mich Dick, „Damen werden auch anwesend sein?"

„Das möchte ich doch hoffen. Das hoffe ich sogar sehr! Die Unterhaltung mit wirklichen Ladys ist eine Sache, die ich leider zu wenig pflege."

„Dann hoffe ich, Du machst dem „Kleeblatt" alle Ehre und vertrittst uns würdig", bemerkte Will.

„Alleine diese Frage beleidigt meine Ohren. Selbstverständlich werde ich dem „Kleeblatt" alle Ehre machen. Entschuldigt mich nun, meine Freunde, aber ich möchte mich noch etwas herausputzen, obwohl dies eigentlich bei meiner sehr schönen, natürlichen Erscheinung wenig Zeit in Anspruch nehmen wird."

„Vergiss nicht Dein Haar zu ordnen, Sam", lästerte Dick.

„Keine Zeit, Dick, fang Du schon einmal damit an."

Mit diesen Worten nahm ich meine „falsche Behaarung" vom Kopf und warf sie ihm zu.

„Und mach es ordentlich, ich möchte blendend aussehen, wenn ich mich nicht irre!"

Kapitel 4 – Der junge Shatterhand

Selbstverständlich erschien ich zu diesem Dinner nicht, wie Mr. Henry sich auszudrücken pflegte, im vollständigen Ornat eines Westmanns. Allerdings war ich auch nicht bereit, meinen Körper in einen Abendanzug zu zwängen. Ich trug meine gewohnte Kleidung, fühlte mich sehr wohl, verzichtete aber auf verschiedene Utensilien, die ein Westman, in diesem Punkt musste ich Mr. Henry recht geben, manchmal unnötiger Weise in der Zivilisation mit sich herum trug. Aber auch darin unterschieden sich Präriläufer kaum von anderen Zeitgenossen, denn sie sonnten sich hin und wieder auch gerne in Eitelkeiten. Bärenkrallen und andere Jagdtrophäen mochten im Westen angebracht sein, aber zu einem hochherrschaftlichen Dinner wohl eher nicht. Meine „geliebte Liddy" ließ ich natürlich bei meinen Freunden. Es ist eine irrige Annahme, dass sich ein Westman niemals von seinem Gewehr trennt.

Unter den spöttischen Bemerkungen meiner beiden Gefährten verließ ich unser Quartier. Ich hatte ein Bad genommen und suchte einen Barbier auf, der nur meinen Bart zu stutzten hatte, denn mein Haupthaar bedurfte, aus den allgemein bekannten Gründen, keiner besonderen Behandlung. Ich fand mein Äußeres annehmbar und angemessen für ein Dinner, zu dessen Einladung ich ja nur durch ein Begehren, das an das Kleeblatt gerichtet war, gekommen war. Warum sollte ich also einen besonderen Aufwand betreiben, um einen guten Eindruck zu machen? Allerdings war es für mich ein Ausdruck der Höflichkeit, pünktlich zu sein und so machte ich mich, wie gesagt, auch frühzeitig auf den Weg.

Das Haus der Welters war nicht schwer zu finden. Es befand sich im vornehmsten Teil von St. Louis. Die Familie, die aus Deutschland eingewandert war, hatte es durch den Handel mit Pelzen zu einem ansehnlichen Wohlstand gebracht.

Als ich das schwere eiserne Tor erreichte, hatte sich Mr. Henry schon eingefunden und begrüßte mich, was eigentlich nicht seiner Art entsprach, überaus freundlich.

„Freut mich, Euch zu sehen, Mr. Hawkens. Freut mich außerordentlich", sagte er, wobei er mir kräftig die Hand schüttelte. Diese, wie ich schon bemerkte, für Mr. Henry ungewöhnlichen Gefühlsausbrüche waren allerdings nie von langer Dauer. Indem er meine Hand losließ, trat er einen Schritt zurück und musterte mein äußeres Erscheinungsbild.

„Ich erinnere mich, Mr. Hawkens, dass ich Euch gebeten hatte, sich dem Anlass entsprechend zu kleiden."

„Glaubt Ihr, dass meine äußere Erscheinung von besonderer Bedeutung ist? Ich denke auch nicht, dass ich es bin, der einen guten Eindruck machen muss, sondern..."

„Ich denke, es ist an der Zeit einzutreten", unterbrach er mich in seiner gewohnt schroffen Art. Mithilfe einer Glocke, die von dem eisernen Tor aus betätigt werden konnte, machten wir uns bemerkbar.

Einen Augenblick später erschien ein Bediensteter, der uns nicht nach unserem Begehr fragte, sondern uns – ohne ein Wort zu verlieren – in die Eingangshalle des Hauses führte. Die Einrichtung ließ, sowie ich es mir vorgestellt hatte, auf einen nicht gerade mittellosen Hausherren schließen, der nach einigen Minuten in Begleitung seiner Gattin erschien und Mr. Henry freudig begrüßte. Ebenso herzlich wurde ich empfangen und ich hatte den Eindruck, dass den Herrschaften meine Garderobe durchaus zusagte, denn sie betrachteten mich wohlwollend. Nach einigen belanglosen Höflichkeitsfloskeln, die bei solchen Gelegenheiten gern ausgetauscht werden, sprach mich unser Gastgeber direkt an: „Es freut mich, Mr. Hawkens, dass ich Euch in meinem Hause einmal persönlich begrüßen kann. Unsere bisherigen Geschäfte wickelten wir ja außerhalb meines Hauses ohne einen persönlichen Kontakt ab. Sicher wurdet Ihr von Mr. Henry über den Sinn und Zweck des heutigen Dinners unterrichtet und welche Bitte wir, und auch der Büchsenmacher, an Euch richten möchten."

„Wo steckt denn das Greenhorn?", fiel Mr. Henry ihm ins Wort.

„Dort, wo Ihr ihn die meiste Zeit antreffen könnt, Mr. Henry, in der Bibliothek, bei seinen Büchern," antwortete er. Mr. Henry ging zielstrebig auf eine verschlossene Tür zu, öffnete sie, natürlich ohne anzuklopfen, und verschwand.

Mr. Welter wandte sich mir wieder zu und ich nahm das Gespräch erneut auf.

„Nun, Mr. Welter, unterrichtet wurde ich schon, aber von einer Bitte kann eigentlich nicht die Rede sein, eher von einer Forderung."

„Das überrascht mich nicht", antwortete er lächelnd. „So ist er eben, der alte Herr. Forsch, ja bisweilen barsch, sauertöpfisch und wegen dieser Eigenschaften nicht sonderlich beliebt. In unserem Haus ist er aber ein gern gesehener Gast. In ihm schlägt ein freundliches und gütiges Herz. Widrige Ereignisse liegen schwer auf dem Gemüt des alten Mannes. Es gab Ereignisse, die er nicht vergessen kann, obwohl schon eine sehr lange Zeit vergangen ist. Sicher habt Ihr von dem Schicksalsschlag, den Mr. Henry in der Blüte seines Lebens ereilt hat, gehört."

„Ja, soweit er hier und da einmal eine Bemerkung fallen ließ."

„Er spricht äußerst selten über die Geschehnisse, die aus ihm das gemacht haben, was er heute ist. Umso erstaunlicher ist die Tatsache, dass er einen so engen Kontakt zu unserem Hauslehrer unterhält. Ihn hat er wirklich in sein Herz geschlossen, obwohl er sich bemüht, seine Gefühle zu verstecken."

„Er ist Euer Hauslehrer?"

„Ja, Mr. May ist unser Hauslehrer und unterrichtet in dieser Eigenschaft unsere Kinder."

Mein erstaunter Gesichtsausdruck schien ihn zu verunsichern, denn er fuhr fort: „Sie wussten nicht, dass Mr. May unser Hauslehrer ist?"

„Nein."

Ein Bücherwurm, schoss es mir durch den Kopf!

Wahrscheinlich mit einer blassen Haut, die keinen Sonnstrahl verträgt! Ein Gelehrter, der seine Kenntnisse über den Wilden Westen aus Wälzern in sein Gehirn geschaufelt hat.

Ich war fest entschlossen, dem Vorhaben Mr. Henrys nun unverzüglich und unmissverständlich eine Absage zu erteilen.

„Ich hoffe, Ihr habt keinerlei Bedenken, Mr. Hawkens", fuhr mein Gesprächspartner fort, „der junge Gentlemen hat wirklich außergewöhnliche Fähigkeiten. Mr. Henry ist nicht der Mann, der sich hinters Licht führen lässt. Er hat sich mit dem jungen Mann sehr genau beschäftigt und sich von seinen Begabungen selbst überzeugt."

„Ich möchte ehrlich zu Euch sein, Mr. Welter. Mein heutiges Erscheinen in Eurem Haus ergab sich eher zufällig oder genauer gesagt auf Drängen von Mr. Henry hin. Meine Gefährten und ich können die Verantwortung für ein, entschuldigt die Bezeichnung Greenhorn, unmöglich übernehmen. Unser Weg führt uns in die Gebiete der Kiowas und Apatschen und dort weht ein anderer Wind als in der Stube eines Hauslehrers."

„Ich verstehe Euch nicht, Mr. Hawkens. Ich nahm an, dass Ihr Henry bereits eine Zusage gegeben habt."

„Das ist leider nicht ganz richtig. Ihr wisst, Mr. Welter, dass Mr. Henry über die erstaunliche Gabe verfügt, seinen Willen unter allen Umständen durchzusetzen. Und wenn ihm dies einmal nicht gelingt, überhört er einfach die Widersprüche. Gingen wir auf Büffeljagd oder auf die Suche nach Mustangs, hätten wir sicher seinen Wunsch erfüllt, aber wie ich schon sagte..."

„Ich verstehe Euch, Mr. Hawkens und es ehrt Euch, dass Euch die Sicherheit über alles geht."

„Es freut mich, dass Ihr meine Meinung teilt. Ich werde dem jungen Mann das Angebot machen, ihn befreundeten Westmännern zu empfehlen, deren Vorhaben weniger gefährlich ist."

„Das ist sehr zuvorkommend, Mr. Hawkens, aber trotzdem wird die Enttäuschung groß sein."

„Aus welchem Grund?"

„Er ist noch nicht unterrichtet. Deutlicher gesagt, er hat keine Ahnung, dass es morgen in Richtung Westen gehen sollte."

„Es ist äußerst selten, Mr. Welter, dass ich Zusammenhänge nicht erfasse, aber dieser Umstand scheint nun eingetreten zu sein, denn ich verstehe Euch nicht ganz, wenn ich mich nicht irre."

„Es sollte eine Überraschung werden, Mr. Hawkens."

„Eine Überraschung?"

„Ja, aus den Äußerungen des Herrn May konnten wir entnehmen, dass es sein Wunsch ist, in den Westen zu gehen. Was ihm bisher fehlte, waren die finanziellen Mittel, aber diese Hürde wurde ja bereits genommen, denn Mr. Henry sorgte für die entsprechende Ausrüstung."

„Er erwähnte es. Was mich etwas befremdet, ist der Umstand, dass hier einfach über ein Leben entschieden wird, ohne dass der Betreffende davon in Kenntnis gesetzt wurde. Eine sonderbare Art der Förderung."

„Selbstverständlich sind wir der Überzeugung, dass Mr. May diese Chance mit Freuden annehmen wird. Er strebt nach dem Westen. Glaubt mir, Mr. Hawkens, eine größere Freude können wir diesem jungen Mann nicht bescheren. Da könnt Ihr ganz sicher sein."

„Leider wird das Kleeblatt ihm diese Freude nicht bereiten können. Aber wie ich schon bemerkte, ich bin bereit, den jungen Mann zu vermitteln."

In diesem Augenblick ertönte eine Glocke.

„Darf ich zu Tisch bitten, Mr. Hawkens? Auch wenn Ihr die Pläne von dem alten Büchsenmacher nicht verwirklichen könnt, seid Ihr mir als Gast sehr willkommen."

Wir betraten den Diningroom, in dem ich Karl May, der später unter dem Namen Old Shatterhand berühmt werden sollte, zum ersten Mal begegnete.

Die Dame des Hauses bat uns an die festlich gedeckte Tafel.

Mr. Henry gab mir, nachdem ich meinen Platz eingenommen hatte, immer wieder verdeckte Zeichen. Zuerst reagierte ich mit Unverständnis, dann fiel mir jedoch auf, dass ich meinen Hut noch immer auf dem Kopf trug. Eine Unhöflichkeit, die ich dadurch zu vertuschen suchte, in dem ich mich meiner Kopfbedeckung wohl etwas zu hastig zu entledigen suchte. Es ist mir heute noch unerklärlich, wieso sich mein falsches Haupthaar mit dem Filzhut gegen mich verbünden konnte und dadurch den Blick auf meinen hautlosen und etwas blutig schimmernden Schädel freigab. Die Lady kreischte und die Kinder schrien, wie sie nur konnten. Aber es war mir vergönnt, die Gesellschaft zu beruhigen. Noch heute amüsiere ich mich über diese kleine Peinlichkeit, wenn ich mich nicht irre.

Einem Mahl beizuwohnen, dessen Anlass die Verabschiedung des Herrn May war, ließ in mir, da die Zukunft dieses Greenhorns noch in den Sternen stand, ein schlechtes Gewissen aufkommen. Darum bat ich die Gastgeber, den jungen Mann über Sinn und Zweck der Festlichkeit aufzuklären.

Leider verlief diese Aufklärung nicht zu meiner Zufriedenheit. Durch mein angeborenes Feingefühl war es mir nicht möglich, die Freude des Aspiranten, der nun endgültig davon überzeugt wurde, im Westen sein Glück machen zu müssen, zu widersprechen. Ich ließ mich dummerweise sogar zu einigen Zusagen hinreißen, die ich aus heutiger Sicht zwar nicht bereue, die aber zu dem damaligen Zeitpunkt mehr als unaufrichtig waren. Zu meiner Überraschung erfuhr ich jedoch, dass dem Greenhorn bereits ein Vertrag ausgehändigt worden war und er auf jeden Fall an den gleichen Vermessungen teilnehmen und auch unserem Vermessungstrupp angehören würde.

Als die Tafel aufgehoben wurde und die Gäste mit vielen Fragen an mich herantraten, entschuldigte ich mich, ohne die Neugierde der Menschen zu befriedigen. Ich schritt auf Herrn May zu, nahm ihn beiseite, um einige Worte mit ihm zu wechseln. Wir verließen den Diningroom und zogen uns in ein angrenzendes Zimmer zurück. Ich begann die Unterhaltung, die selbst für mich ein überraschendes Ende nehmen sollte, mit der Frage: „So, mein junger Freund, Ihr habt Euch also entschieden, den Westen zu erobern, wenn ich mich nicht irre?"

„Ja, ich trage diesen Wunsch schon lange in mir, habe aber nicht damit gerechnet, dass er mithilfe dieser guten Menschen so schnell in Erfüllung gehen würde. Ihr müsst wissen, dass meine finanziellen Mittel sehr beschränkt sind."

„Ihr seid noch nicht sehr lange Zeit in diesem Land?"

„Etwa sechs Monate."

„Wie ich höre, kommt Ihr aus Deutschland."

„Ja, Sir."

„Den Sir lasst getrost weg. Warum habt Ihr Eure Heimat verlassen?"

„Unerquickliche Umstände."

„Unerquicklich ist vieles im Leben, mein junger Freund, wenn ich mich nicht irre."

„Nun, Mr. Hawkens, die Zustände in Deutschland sind nicht rosig. Die wirtschaftlichen Verhältnisse zwingen viele Familien in kaum zu ertragender Armut zu leben."

„Und um dieser Armut zu entfliehen, seid Ihr über den großen Teich gen Westen gezogen, um hier Euer Glück zu machen?"

„Das war einer der Gründe, Mr. Hawkens."

„Es gibt also noch andere Gründe?"

„Ja, die gibt es, aber darüber möchte ich ungern sprechen."

„Ihr seid mit dem Gesetz in Konflikt geraten, mein junger Freund, wenn ich mich nicht irre!"

„Ja, Mr. Hawkens."

Ich war über die Antwort des jungen Deutschen erstaunt, rechnete ich doch damit, dass er meine Frage verneint oder aber mit einer leicht durchschaubaren Floskel übergehen würde. Unter den vielen Immigranten, die es alle in die „neue" Welt zog, war auch eine große Anzahl von Menschen, die aus ihrer Heimat flüchteten, weil sie sich etwas zu Schulden haben kommen lassen oder unschuldig verfolgt wurden. Sie nahmen in den Staaten eine neue Identität an, was in der damaligen Zeit kein unüberwindbares Problem darstellte. Mir gefiel die offene Art des jungen Mannes, der nicht den Versuch machte, seine Vergangenheit zu verschleiern, sondern – so wie es aussah – zu seiner Vergangenheit stand und sicher dafür gebüßt hatte, wenn es denn etwas zu verbüßen gegeben haben sollte.

Ich beschloss, meinen Gesprächspartner nicht weiter zu bedrängen, sondern antwortete auf sein Eingeständnis mit dem Wort:

„Gut.“

„Was meint Ihr, Sir?“

„Ich sagte gut. Und ebenfalls bitte ich Euch, den Sir zu vergessen.“

„Entschuldigt, Mr. Hawkens, aber ich verstehe Euch nicht ganz.“

„Was versteht Ihr nicht?“

„Vielleicht habt Ihr überhört, dass ich auf Eure Frage, ob ich schon einmal mit dem Gesetz in Konflikt geraten bin, mit ja geantwortet habe.“

„Ich bin der englischen Sprache mächtig, Mr. May. Ich plaudere in ihr, ich verstehe sie auch ausgezeichnet seit ich meine ersten Worte gesprochen habe und habe sehr wohl verstanden, was ihr mir geantwortet habt.“

„Seid Ihr nicht neugierig zu erfahren, was man mir zur Last gelegt wurde?"

„Nein!“

„Interessiert es Euch nicht?“

„Nein!“

„Nun kenne ich mich nicht mehr recht aus, Mr. Hawkens. Mit Verlaub gesagt, ich finde Eure Reaktion etwas widersprüchlich.“

„So, findet ihr? Also, ich sehe keinen Widerspruch in meinen Antworten, wenn ich mich nicht irre. Wie Ihr sicher wisst, bat mich Mr. Henry, Euch unter den Schutz des Kleeblattes zu nehmen und Euch zu gestatten, uns zu begleiten. Auch wenn Eure Enttäuschung nun groß sein wird, ich habe dieses Ansinnen des alten Büchsenmachers bereits abgelehnt.“

„Das kann ich verstehen, Mr. Hawkens, denn ich an Eurer Stelle hätte wohl die gleiche Entscheidung getroffen. Ich werde den Vertrag, als Vermesser tätig zu werden, rückgängig machen, obwohl es mir schwerfällt, aber ohne den Beistand und die Unterstützung des Kleeblatts wäre eine solche Unternehmung für mich wohl nicht ratsam. Natürlich hätte ich mir gewünscht, meine ersten Erfahrungen im Westen in Gesellschaft so bekannter Westmänner zu machen, aber sicher wird es für mich eine andere Möglichkeit geben, mich zu bewähren."

„Die wird es sicher geben, mein junger Freund, und ich werde Euch bei der Suche nach einer geeigneten Aufgabe unterstützen."

„Dazu wird die Zeit wohl nicht reichen, denn wie ich hörte, reist Ihr morgen schon ab."

„Das ist richtig, aber der alte Sam wird noch heute Nacht seine Fühler ausstrecken und wenn es nicht mit dem Teufel zugeht, werdet Ihr bald von befreundeten Westmännern zu einer weit weniger gefährlichen Unternehmung wie der unseren aufbrechen können."

„Ich scheue die Gefahr nicht, Mr. Hawkens."

„Das glaube ich Euch, aber so mancher junger Mann ist in den Westen aufgebrochen und nie wieder zurückgekehrt oder nur teilweise, wenn ich mich nicht irre!"

„Teilweise?"

„Ja. Nehmt mich als Beispiel, junger Freund."

„Euch? Wie ich sehe, steht Ihr vollständig vor mir."

„Der Eindruck täuscht."

„Wie darf ich das verstehen?"

„Habt Ihr mein Missgeschick soeben nicht bemerkt?"

„Selbstverständlich."

„Nun, der alte Sam war in seinen jungen Jahren ein recht ansehnlicher Bursche, der sein Haar mit vollem Recht und ehrlich von Kindesbeinen an getragen hat, bis so ein oder zwei Dutzend Pawnees über mich kamen und mir die Haare samt der Haut vom Kopf rissen. Es war kein beglückendes Gefühl, sage ich Euch."

Mit diesen Worten entblößte ich, und dies im wahrsten Sinne des Wortes, nochmals mein Haupt und hielt dem Greenhorn meine Perücke unter die Nase. Leider fiel die Reaktion des jungen Menschen anders aus, als ich mir erhofft hatte. Unbeeindruckt blickte er auf mein Ersatzhaar und sagte lächelnd: „Ach, Mr. Hawkens, Sir! Glaubt Ihr im Ernst, dass hier in St. Louis niemand von Eurem Schicksal unterrichtet ist? Natürlich hat mir auch Mr. Henry einiges über das Kleeblatt und über andere Westmänner erzählt."

„Ihr wusstet also, dass mir die Pawnees mein Haupthaar genommen haben?"

„Nein."

„Nein? Aber Ihr sagtet doch soeben, das..."

„Niemand wusste genau, ob es die Pawnees waren", unterbrach er mich.

„Das, lieber Master May, verstehe ich nun wieder nicht, wenn ich mich nicht irre."

„Nun, was den Stamm angeht, so werden unterschiedliche Angaben gemacht. Die einen erzählen von den Pawnees, andere wiederum von den Sioux, Kiowas, Komantschen oder den Apatschen. Sicher ist nur, dass Euer Haar „verloren" ging und nun den Gürtel irgendeines Indianers ziert."

„Wie bitte?", der forsche junge Mann erheiterte mich, aber ich spielt den Entrüsteten.

„Wie bitte?", wiederholte ich, „mein Skalp ziert den Gürtel irgendeines Indianers?"

„So denke ich, denn sicher wird er sich bei seinem Tun nicht namentlich vorgestellt haben, oder irre ich mich?"

„Ob Ihr Euch irrt? Hört zu Greenhorn! Wenn sich jemand irrt, dann bin ich das, wenn ich mich nicht irre! Und um es Euch gleich unter die Nase zu reiben: Nicht irgendein dahergelaufener Indsmann trägt nun meinen Skalp, sondern ein Häuptling, wenn auch an der falschen Stelle, und zwar der oberste Häuptling der Pawnees. Und soll ich Euch noch etwas sagen? Ich bin sogar etwas stolz darauf, wenn ich mich nicht irre!"

Der junge, freundliche Mann gefiel mir und ich erwischte mich bei dem Gedanken, dem alten Griesgram Henry doch zu erfüllen, was er sich so sehnlich wünschte. Ich verwarf diese Idee aber gleich wieder, denn die Argumente gegen dieses Vorhaben überwogen.

Ich bemerkte plötzlich, dass ich noch immer meinen Haarersatz in der Hand hielt und stülpte mir diesen wieder auf mein nacktes Haupt.

„Es scheint mir, mein junger Freund, dass Ihr über eine gute Portion Mutterwitz verfügt. Aber nun einmal eine ernsthafte Frage. Nehmen wir einmal an, wir würden Euch morgen mitnehmen. Was glaubt Ihr, was Euch erwartet?"

„Nun, praktische Erfahrungen kann ich nicht vorweisen, was das Leben im Wilden Westen betrifft, aber ich habe alles gelesen, dessen ich in der alten

Heimat und auch hier in den verschiedenen Bibliotheken habhaft werden konnte."

„Gelesen? Das dachte ich mir!"

„Ja, Mr. Hawkens. Ihr glaubt ja nicht, wie reichhaltig die Literatur über den Westen ist. Erlebnisberichte, geographische Werke und eine große Anzahl an Schriften, die sich mit den Ureinwohnern befassen. Ich kann Euch einiges über die Gebräuche, zum Beispiel der Apatschen, erzählen, über die selbst ein erfahrener Westläufer wie Ihr staunen würde. Wusstet Ihr zum Beispiel, dass die Apatschen, wenn sie..."

„Haltet ein, Greenhorn, haltet ein! Ich glaube gerne, dass Ihr ein Mann seid, der gerne Bücher liest, aber die Wirklichkeit der „dark and bloody grounds" sieht anders aus. Es nutzt Euch wenig, wenn ein Apatsche seinen Tomahawk in Eure Richtung schleudert und Ihr erst in die Bücher schauen müsst, was ein Stammeskrieger mit seiner Streitaxt alles anstellen kann."

„Übertreibt Ihr nicht ein wenig, Mr. Hawkens? Ich denke schon, dass ich mich zu wehren weiß oder meine Haut retten kann, wenn es nötig sein sollte."

„Ja, Mr. Henry hat mir von Euren außergewöhnlichen Fähigkeiten berichtet." Von den Lobeshymnen seines väterlichen Freundes schien May nichts hören zu wollen, denn bescheiden antwortete er: „Ich denke, dass Mr. Henry etwas in mir sieht, was ich nicht sein kann. Er scheint der Meinung zu sein, dass ich eine gewisse Ähnlichkeit mit seinem verstorbenen Sohn habe. Ob ich geeignet bin, im Westen zu bestehen, kann ich nicht sagen, aber sicherlich wird es nur einen Weg geben, dies festzustellen."

„Den gibt es ganz sicher, denn Ihr werdet mit uns kommen!"

Kaum hatte ich den Satz ausgesprochen, bereute ich meine Zusage auch schon wieder. Aber ich muss gestehen, dass dieses Greenhorn wirklich einen enormen Eindruck auf mich machte.

„Ich verstehe nicht", antwortete er mit erstauntem Blick.

„Das Kleeblatt wird den Wunsch Mr. Henrys, der ja auch der Eure ist, erfüllen."

„Wie kommt es zu diesem Sinneswechsel, Mr. Hawkens?"

„Das geht Euch nichts an. Wollt Ihr nun dabei sein oder nicht?"

„Von Herzen gern."

„Gut, wir brechen morgen in aller Frühe auf. Aber merkt Euch das eine: Wir werden keinerlei Rücksicht auf Euch nehmen können. Wenn Euch die Strapazen zu viel werden, bleibt Ihr auf der Strecke. Wir werden uns in Gebieten aufhalten, in denen es von Roten nur so wimmelt und nicht alle Stämme stehen unserem Vorhaben freundlich gegenüber."

„Ich verstehe, Mr. Hawkens."

„Gut, also überlegt es Euch genau, denn noch ist Zeit, abzulehnen, auch wenn Mr. Henry sicher enttäuscht wäre. Aber das wäre immer noch besser, als aus falschem Stolz ins Verderben zu rennen."

„Ich werde morgen zur Stelle sein."

„Gut, dann sehen wir uns morgen."

„Danke, Mr. Hawkens."

„Ich hoffe, wir machen beide keinen Fehler, wenn ich mich nicht irre!"

Mit diesen Worten verabschiedete ich mich von dem jungen Mann und mischte mich unter die anderen Gäste. Es dauerte nicht sehr lange und ich bemerkte, dass Mr. Henry zielstrebig auf mich zukam. Er reichte mir eines der beiden Gläser, die er mit sich führte, das ich dankend annahm.

„Wie ich bemerkte, Mr. Hawkens, hattet Ihr mit dem jungen Mann eine kleine Unterredung."

„Ich bewundere Euren Scharfsinn, Sir."

„Wann brecht Ihr auf?"

„Morgen in aller Frühe."

„Er wird, ich hatte es Euch ja prophezeit, zur Stelle sein. Pünktlich und in voller Ausrüstung."

„Das freut mich ungemein, Mr. Henry. Ihr kennt ja unseren Treffpunkt. Es ist spät geworden und wie Ihr wisst, bleibt zur Nachtruhe nicht mehr viel Zeit. Ich verabschiede mich noch von den Gastgebern und begebe mich dann nach Hause. Gute Nacht, Mr. Henry."

„Gute Nacht, Sam."

Sam? Diese Vertraulichkeit überraschte mich. Sie sollte wohl ein Kompliment an meine Person sein und ich glaube mich zu erinnern, ein kleines zufriedenes Lächeln auf Mr. Henrys Zügen gesehen zu haben.

Als dieser ungewöhnliche Abend begann und ich mich auf den Weg zu meiner Einladung gemacht hatte, war mein Problem, ohne jemand verletzen zu wollen, die Bitte von Mr. Henry abzuschlagen, was mir einige Kopfzerbrechen bereitet hatte. Nun schlug die Situation ins Gegenteil um. War ich mir mit meinen Freunden einig, was zu unternehmen war, so musste ich nun zusehen, meinen Kameraden schonend beizubringen, dass ich meine Meinung geändert hatte und gegen ihren Willen eine Zusage gegeben hatte, die nicht zwischen uns beraten, geschweige denn gemeinsam abgesegnet war. Zwar war nicht zu befürchten, dass unsere Kameradschaft dadurch leiden würde, aber mir war nicht recht wohl in meiner Haut und mit diesem unguten Gefühl betrat ich auch unser Zimmer. Die beiden empfingen mich gewohnt freundlich. Sie versuchten einen gleichgültigen Eindruck zu machen, aber mir war vollkommen bewusst, dass beide vor Neugierde platzten. Natürlich hatte ich mir eine einleuchtende Erklärung zurechtgelegt, warum ich meine Meinung geändert hatte, ohne mich mit den beiden Gefährten vorher abzusprechen.

Will Parker schien das Schweigen brechen zu wollen, denn mit einem Lächeln sagte er: „Nun, Sam, wird der junge Mann morgen pünktlich zur Stelle sein?"

„Welcher junge Mann?"

„Wie lange reiten wir schon zusammen durch die 'dark and bloody grounds', Sam?"

„Noch nicht lange genug, um aus Euch beiden richtige Westmänner zu machen, Dick."

„Aber schon lange genug, um Dich und Dein gutes Herz zu kennen, altes Coon. Natürlich hast Du Dich einverstanden erklärt, den jungen Frischling mit in den Westen zu nehmen. Und ich sage Dir, Sam, trotz unserer Bedenken, die wir ja geäußert haben, sind wir einverstanden."

„Ihr seid einverstanden?"

„So sagte ich, Sam."

„Das gilt also auch für Dich, Dick?"

„Selbstredend, Sam. Wir sprachen uns schon darüber ab, kaum dass Du den Raum hier verlassen hast."

„Es scheint so, meine Freunde, dass ich sehr leicht zu durchschauen bin."

„Es wäre schlimm, wenn wir uns nach so langer Zeit nicht so gut kennen würden, um zu wissen, wie wir reagieren. Also, auf zu einem neuen Abenteuer, lieber Sam!"

„Ja, meine Freunde, machen wir noch ein Schläfchen und dann schütteln wir die Zivilisation aus unseren Kleidern. Ich hoffe nur, dass ich mir da nicht zu viel zugemutet habe."

„Wie meinst Du das, Sam?"

„Nun, zu Euch zwei Greenhörnern kommt nun ein Drittes hinzu. Ich kann nur hoffen, dass es begabter und gelehriger ist als ihr beide, wenn ich mich nicht irre...!"

Kapitel 5 – Old Shatterhand

Noch vor dem Morgengrauen trafen wir uns am verabredeten Ort und unser neuer "Lehrling" erwartete uns schon. Er stand neben einem Rotschimmel und schien zu allem bereit zu sein.

Seine Ausrüstung war mehr als ausreichend und somit war er mit allerlei Gegenständen versehen, die sein bisheriger Arbeitgeber und Mr. Henry anscheinend als unverzichtbare Utensilien erachteten, um als Westman einen guten Eindruck zu hinterlassen. Dick und Will warfen sich einen vielsagenden Blick zu, aber ich gab ihnen durch eine Geste zu verstehen, dass sie sich keinerlei Bemerkungen oder gar einen Scherz mit dem jungen Mann erlauben sollten. Dieser begrüßte uns sehr stürmisch.

„Guten Morgen, Gentlemen, einen wunderschönen guten Morgen!"

Wir ritten zu ihm heran und stiegen von unseren Reittieren.

„Guten Morgen, mein junger Freund. Ich darf vorstellen: Dick Stone und Will Parker."

May schüttelte meinen beiden Gefährten tüchtig die Hände.

„Wie Ihr seht, meine Herren, habe ich mich nun endgültig entschieden und möchte mit Euch in den Westen aufbrechen."

„Eine löbliche Absicht, Mister", bemerkte Dick und bei diesen Worten umrundete er das Reittier des jungen Deutschen und bestaunte die Ausrüstungsgegenstände, die alle nagelneu waren und somit auch entsprechend *glänzten*. May bemerkte das Interesse von Dick, dem sich nun auch Will staunend anschloss.

„Wie Sie sehen, meine Herren, erhielt ich eine vollkommene Ausstattung. Alles was ein angehender Westman braucht, hat mir die Familie Welter und der ehrenwerte Mr. Henry zur Verfügung gestellt. Selbst seinen alten Bärentöter hat mir der Büchsenmacher anvertraut."

„Diese Familie und der alte Gunsmith scheinen genau darüber unterrichtet zu sein, was ein Prärieläufer so benötigt", ließ Will verlauten.

„Ja, es ist seltsam. Alles was ich auf meiner Liste aufgeführt hatte, ist vorhanden. Ich nehme an, dass sich der Hausherr meiner Aufstellung bemächtigte und heimlich all diese Gegenstände besorgt hat, um mich zu überraschen."

„Oh, er hat nicht nur Euch überrascht!"

„Wie darf ich das verstehen, Mr. Stone?"

„Nun, ich sehe hier Gegenstände, deren Zweckmäßigkeit mir nicht so recht einleuchten will und die ich noch nie besessen, geschweige denn gebraucht habe."

„Das mag sein, Mr. Stone, aber ich habe verschiedene Publikationen studiert und meine Aufstellung beruht auf diesen Studien."

„Was habt Ihr studiert?"

„Publikationen, Mr. Stone."

„Er meint Bücher, schriftliche Aufzeichnungen", raunte ich Dick zu.

„Habe verstanden, Mr. May. Ich hoffe, wir kommen alle in den Genuss Eurer reichhaltigen Ausrüstung."

„Wenn ich Euch oder auch den beiden anderen Herren mit etwas aushelfen kann, wird es mir ein Vergnügen sein."

„Lasst uns aufbrechen, Meschurs."

„Ja, Sam, Du hast wie immer recht. Brechen wir auf", pflichtete mir Will bei.

Über den eigentlichen Ritt zu unserem Bestimmungsort gibt es nichts Besonderes zu berichten. Es versteht sich wohl von selbst, dass ich unser Greenhorn scharf beobachtete. Er machte auf seinem Rotschimmel keinen schlechten Eindruck und somit waren meine anfänglichen Bedenken diesbezüglich unbegründet. Wir kamen unserem Ziel zügig näher und erreichten den Vermessungsabschnitt „Sektion zwölf", dem wir zugeteilt waren, zu der von uns berechneten Zeit.

Unsere Gesellschaft bestand aus dem Oberingenieur Mr. Bancroft, den neuen Kollegen des Herrn May, also den Surveyors Riggs, Marcy und Wheeler und aus zwölf Westmännern oder solche, die sich dafür hielten. Diese standen unter dem Kommando eines gewissen Rattler.

Die Aufgabe des „Kleeblattes" bestand darin, die Gegend zu erkunden, um den Trupp vor unliebsamen Überraschungen zu bewahren.

Mir fehlen die Kenntnisse, um sagen zu können, welche Fortschritte die Arbeit der Vermesser machten, aber ich bemerkte bald, dass unser junges Greenhorn nicht sehr zufrieden war. Seine Auffassung von Arbeit stand im starken Gegensatz zu der der anderen Surveyors und auch zu der des Oberingenieurs Bancroft.

Die Streitigkeiten, die das Kleeblatt zu Beginn noch mit Worten schlichten konnte, wurden immer heftiger und Dick, ebenso wie Will und meine Wenigkeit, sahen einer gewalttätigen Auseinandersetzung entgegen, die nicht ausbleiben konnte.

In der wenigen Freizeit, die sich May gönnte, unternahm ich mit ihm einige Ausritte, unterrichtete ihn im Lassowerfen, Spurenlesen und anderen Fertigkeiten, die ein Westman unbedingt beherrschen sollte. Er erhielt, wenn ich es so ausdrücken darf, die Grundkenntnisse, die er benötigte. Natürlich konnte ich ihm nicht die „hohe Schule" vermitteln. Das übernahm später der unfehlbare Winnetou..., wenn ich mich nicht irre!

Nach einer unserer Übungsstunden äußerte ich mich sehr wohlwollend über die Fortschritte meines Schülers.

„Schön so, mein junger Sir, so ist es recht! Doch bildet Euch auf dieses Lob ja nichts ein! Ein Schulmeister muss selbst den dümmsten Jungen zuweilen loben, wenn dieser nicht ganz und gar sitzen bleiben soll. Aber nun hängt Euer Lasso wieder an den Sattel und setzt Euch zu mir, denn ich habe etwas mit Euch zu besprechen."

Er folgte meiner Bitte und ließ sich neben mir im Gras nieder.

„Nun, wie gefällt Euch Euer bisheriges Leben im Westen, mein junger Freund?"

„Trotz der vielen Arbeit muss ich sagen, dass es mir sehr gut gefällt, Mr. Hawkens."

„Das freut mich zu hören. Ja, Ihr habt Euch der Arbeit und Eurer gestellten Aufgabe voll und ganz verschrieben. Ihr geht in Eurer Tätigkeit auf und leistet sehr viel, manches Mal etwas zu viel, wenn ich mich nicht irre."

„Wie darf ich das verstehen?"

„Nun, so wie ich es sage: Ihr solltet Euch etwas mehr zurückhalten und die anderen Vermesser auch einen Teil der Arbeiten ausführen lassen."

„Riggs, Marcey und Wheeler arbeiten, wenn sie dazu in der Lage sind, ebenso wie ich."

„Stimmt schon, aber Ihr vermesst deren Ergebnisse erneut, korrigiert deren Fehler und tragt alles in Euer kleines privates Tagebuch ein, das Ihr in der Brusttasche zu verbergen versucht. Glaubt nicht, dass es mir entgangen ist, wie sehr Ihr die Blechbüchse, die früher wohl einmal Tabak beherbergt hat, hütet."

„Das sind ganz private Aufzeichnungen, die ich rein zu meinem Vergnügen anfertige. Also, nichts Weltbewegendes."

„Wie dem auch sei. Sicherlich ist es auch Euch aufgefallen, dass sich die unangenehmen Zwischenfälle im Lager häufen. Dick, Will und auch ich konnten bisher die Streitigkeiten noch gewaltlos schlichten, aber dies wird in absehbarer Zeit nicht mehr möglich sein. Und wenn sich meine Gefährten und ich außerhalb des Lagers aufhalten und es in dieser Zeit zu einer Auseinandersetzung kommt, seid Ihr auf Euch alleine gestellt."

„Ich werde mich meiner Haut schon zu wehren wissen, Mr. Hawkens."

„Das kann ich nur hoffen. Macht mir aber keinen Vorwurf, wenn Ihr eines Morgens aufwacht und feststellen müsst, dass man Euch ein Ohr abgeschnitten hat oder Ihr sogar tot seid, wenn ich mich nicht irre."

„Ich werde vorsichtig sein, Mr. Hawkens, aber ich kann leider nicht aus meiner Haut heraus."

„Wie meint Ihr das?"

„Nun, ich denke, dass es meine Pflicht als ehrlicher Deutscher ist, meine Arbeit gewissenhaft und so gut wie möglich zu erledigen. Außerdem bin ich der Ansicht, dass man umso stärker wird, je mehr man leisten muss."

„Dieser Ansicht seid Ihr also, als ehrlicher Deutscher?"

„Ja."

„Dann lasst Euch einmal etwas von einem erfahrenen Menschen wie mir sagen. Riggs, Marcey und Wheeler sind Landvermesser, die sicherlich nicht zum ersten Mal im Gegensatz zu Euch an einer solchen Vermessung teilnehmen. Sie wurden sicherlich angestellt, weil man mit Ihrer bisherigen Arbeit sehr zufrieden war. Und das Gleiche gilt auch für Mr. Bancroft, wenn ich mich nicht irre."

„Aber Ihr müsst zugeben, Mr. Hawkens, dass der übermäßige Genuss von Brandy sich nicht besonders förderlich auf die Arbeit auswirkt. Oft, und auch da müsst ihr mir Recht geben, sind die Herren nicht in der Lage, ihrer Tätigkeit nachzukommen."

„Das kann ich nicht abstreiten."

„Mir ist es auch unerklärlich, dass mit den Versorgungswagen, die uns erreichen, überhaupt eine solche Menge an Brandy angeliefert wird. Ich verstehe also auch die verantwortlichen Herren in St. Louis nicht."

„In den Versorgungswagen befindet sich eine solche Menge an Brandy ja auch nicht."

„Nicht?"

„Nein!"

„Und woher stammen die Fässchen, die anscheinend nie leer werden?"

„Rattler bezieht sie von den Händlern, die hier in der Gegend herumziehen."

„Aha, Rattler!"

„Ja, Rattler. Vor ihm seht Euch vor! Brecht keinen Streit vom Zaun und geht ihm besonders dann aus dem Weg, wenn wir nicht im Lager sind."

„Ich werde es versuchen, obwohl mich eine Auseinandersetzung mit diesem Herren nicht scheuen würde."

„Glaube es, mein junger Freund, glaube es."

Wir ritten zum Lager zurück.

Ich, genauer gesagt auch Dick Stone und Will Parker, hatten zu Beginn unserer Unternehmung eigentlich nicht die Absicht, uns besonders intensiv um dieses junge Greenhorn zu kümmern, aber die Sache entwickelte sich etwas anders als vorgesehen.

Zu meiner Entschuldigung, sollte eine solche überhaupt nötig sein, sei aber noch gesagt, dass es mir Spaß machte, diesem jungen Menschen einige Fähigkeiten zu vermitteln. Besonders weil es mich auch erfreute, wie geschickt er war und gute, ja in manchen Bereichen sogar sehr gute Fortschritte machte. Was mich allerdings damals schon etwas störte, war die Tatsache, dass er es anscheinend für eine besondere Auszeichnung hielt, ein Deutscher zu sein.

Natürlich entsprach es der Wahrheit, dass unsere Abteilung, auch aufgrund des Brandykonsums der Vermesser und der Westmänner, mit der Arbeit weit hinter den anderen Abteilungen zurücklag. Mr.

Bancroft war nicht mit einem besonderen Durchsetzungsvermögen gesegnet, wenn ich mich nicht irre. Anordnungen, die er traf, konnte er in den meisten Fällen nur mit Hilfe seines Kumpanen Rattler durchsetzen.

Rattler war, wie schon erwähnt, der Wortführer der Westmänner, die für den Schutz der Vermesser zuständig waren und der eigentliche Boss des Lagers. Er war ein hoch und breit gebauter Kerl, welcher die Kraft von drei, vier Menschen zu besitzen schien. Ein rohes Subjekt. Aber das „Kleeblatt" fürchtete seine Wutausbrüche nicht und ich hätte eine Auseinandersetzung mit diesem Menschen nicht gescheut, auch wenn er mir an Körperkraft weit überlegen war. Die List ersetzt oft die körperliche Gewalt, wenn ich mich nicht irre.

Trotz aller Widrigkeiten kam der Zeitpunkt, der uns annehmen ließ, in etwa einer Woche an die benachbarte Abteilung anschließen zu können. Da wir mit den Sektionen, die vor oder hinter uns arbeiteten, immer durch Boten in Verbindung standen, wäre eine Unterrichtung der erwähnten Abteilung kein Problem gewesen. Mr. Bancroft nahm sich aber vor, die „erfreuliche" Nachricht persönlich überbringen zu wollen.

Dies sollte an einem Sonntag geschehen.

Meinen jungen Schützling traf ich kurz nach Sonnenaufgang vor seinem Zelt, welches er sich mit den anderen Vermessern teilte.

„Grüß Gott, Mr. Hawkens", rief er mir vergnügt zu, anscheinend war auch ihm bekannt, dass die Arbeiten bald ein Ende finden würden.

„Seid mir gegrüßt, Mr. May", antwortete ich etwas scherzhaft, „heute ist Sonntag und somit arbeitsfreier Tag. Lust auf einen kleinen Ausritt?"

„Natürlich, Mr. Hawkens, aber erst am Nachmittag."

„Weshalb so spät? Ihr wisst, dass ich mit einem ansehnlichen Riechorgan gesegnet bin und dieses Körperteil liebt es, frische Morgenluft zu schnuppern!"

„Möchtet Ihr denn nicht an dem Umtrunk teilnehmen, zu dem Bancroft heute geladen hat?"

„Habe ebenso wie meine beiden Greenhörner keinerlei Interesse an solchen Zusammenkünften, wenn ich mich nicht irre. Und Ihr? Werdet Ihr Bancroft tüchtig zuprosten?"

„Ich wurde nicht eingeladen, hätte aber auch sonst keinen Drang verspürt, an einem Umtrunk teilzunehmen."

„Dann steht doch einem Ausflug nichts im Weg."

„Entschuldigt, Mr. Hawkens, aber ich möchte doch vorerst im Lager bleiben, um zu sehen, ob Bancroft nach der Zecherei wirklich aufbricht."

Bancroft brach nicht auf!

Seine Vorliebe zum Brandy „übermannte" ihn und seine Trinkgenossen und nach einiger Zeit beherbergte fast jeder Busch und Strauch, der in der Nähe wuchs, eine Schnapsleiche.

An eine Unterrichtung der nächsten Sektion war nicht mehr zu denken, wenn nicht das Kleeblatt oder May selbst diese Aufgabe übernehmen würde. Aber diese Entscheidung wurde uns abgenommen, denn Mr. White, der Oberingenieur der benachbarten Abteilung, erschien überraschend mit einem alten Scout, der mir bekannt war.

Zwar konnte ich der Unterhaltung von Mr. White und May folgen, aber, ich erwähnte es bereits, mir fehlten die fachlichen Kenntnisse, um beurteilen zu können, welchen genauen Anteil May am Gelingen des Auftrages hatte. Ich konnte es mir allerdings nicht verkneifen, Mr. White auf die privaten Aufzeichnungen unseres Schützlings hinzuweisen.

Der Oberingenieur der benachbarten Abteilung schien es für sinnvoll zu halten, nachdem seine Besprechung mit May beendet war, die noch ihren Rausch ausschlafenden „Helden" aus ihren Träumen zu reißen. Er schlug Lärm und mit stieren Augen und verstörten Gesichtern krochen die „Gentlemen" aus den Büschen und Sträuchern hervor.

Zwischen Bancroft und White kam es zu einer barschen Auseinandersetzung und als White seine Ansicht kundtat, dass er der Annahme sei, dass May wohl den Hauptanteil der Arbeit geleistet hat, verlor Bancroft die Fassung und stürmte auf das junge Greenhorn zu.

Natürlich hätten meine Gefährten und ich dem sofort Einhalt gebieten können, aber wir waren der Ansicht, dass unser junger Freund nun einmal seinen Mut und sein Durchsetzungsvermögen unter Beweis stellen sollte.

Nachdem er unseren Oberingenieur davon überzeugen konnte, dass er ihm an körperlicher Kraft überlegen war, rief Bancroft seinen Kumpanen Rattler zu Hilfe. Dieser erging sich in einigen Beleidigungen, was zur Folge hatte, dass May ihn mit seinem später so berühmten „Jagdhieb" niederschlug, ebenso wie einen weiteren „Westman" aus Rattlers Truppe. Der Rest der Gesellschaft schien etwas unschlüssig zu sein. Ich hielt daher den

Zeitpunkt für gekommen, den „Herrschaften" deutlich zu machen, auf welcher Seite wir standen und trat neben May, meine „Liddy" im Anschlag. Unter Flüchen und unterdrückten Drohungen wendeten sich die Gegner ab.

White verfolgte die Szene mit großen Augen und sagte zu May: „Das ist ja fürchterlich! In Eure Finger möchte ich auf keinen Fall geraten. Man sollte Euch wahrhaftig Shatterhand nennen, weil Ihr einen baumlangen und bärenstarken Menschen mit einem einzigen Fausthieb niederschmettert. So was habe ich noch nie gesehen."

Mir gefiel dieser Name außerordentlich gut.

„Shatterhand! Klingt sehr gut. Shatterhand, Old Shatterhand. Ein Greenhorn und schon einen Kriegsnamen und gar einen solchen. Ja, wenn Sam Hawkens seine Augen auf ein Greenhorn wirft, kommt etwas dabei heraus, wenn ich mich nicht irre. Old Shatterhand! Ganz wie Old Firehand, der auch ein Westman ist, stark wie ein Bär. Was sagt ihr, Dick und Will, zu diesem Namen?"

„Ja", bemerkte Will, „wenn Sam Hawkens seine Augen auf ein Greenhorn wirft, kommt etwas dabei heraus."

„Eben, mein lieber Will, genauso ist es."

„Dann verbitte ich mir zukünftig, dass Du Dick und meine Person als Greenhörner bezeichnest, denn auf uns wirfst Du Deine Augen ja schon einige Jahre lang. Also sind wir ebenfalls gute Westmänner, die sogar Dir das Wasser reichen können."

„Was bildest Du Dir ein? Es gibt eben Menschen, die selbst unter meiner Aufsicht, unter meiner Anleitung, keinerlei Fortschritte machen. Und dazu gehört Ihr beiden. Aber meine Großherzigkeit, mein

Erbarmen mit untalentierten Kreaturen haben mich über einiges hinwegsehen lassen. Und eben diese menschenfreundliche Veranlagung hat mein Herz geöffnet und ich habe Euch lieb gewonnen. Sehr lieb sogar. Ich kann mir ein Leben im Wilden Westen ohne Euch nicht mehr vorstellen. Und somit habe ich mich an Euch gewöhnt, aber auch an die Böcke, die Ihr immer wieder schießt, wenn ich mich nicht irre."

„Das hast Du aber nett ausgedrückt, lieber Sam. Ja, auch wir hegen eine große Zuneigung zu Dir. Wie sonst könnten wir Dich und Deine merkwürdigen Angewohnheiten ertragen?"

„Welche merkwürdigen Angewohnheiten?"

„Es gibt da so einige, lieber Sam."

„Würde es Deine geistigen Fähigkeiten übersteigen, mir einige Beispiele zu nennen, lieber Will?"

„Das fällt mir nicht im Traum ein, denn ich möchte Dein großzügiges und menschenfreundliches Herz nicht betrüben."

„Wer solche Behauptungen aufstellt, sollte sie auch begründen können, mein liebes Greenhorn, wenn ich mich nicht irre."

„Da haben wir es wieder."

„Was?"

„Eine Deiner Merkwürdigkeiten. Seit wir uns kennen, beendest Du fast jede Rede von Dir mit der Bemerkung 'wenn ich mich nicht irre'. Bist Du guter Dinge, folgt dann noch ein Hihihi."

„Das hat einen besonderen Grund, meine lieben Freunde. Ich möchte damit darauf hinweisen, dass selbst ich mich irren könnte. Aber ich irre mich äußerst selten, wenn ich mich nicht irre."

„Und Dein Jagdverhalten ist auch äußerst seltsam."

„Ach ja?"

„Ja! Wenn wir uns an ein Wild herangepirscht haben und Du genug Zeit für einen Schuss hast, legst Du vorher immer ein Ohr an den Schaft Deines Gewehrs. Man könnte den Eindruck gewinnen, es flüstert Dir etwas zu."

„Ach ja?"

„Und noch etwas. Wenn Du gezwungen bist, scharf über etwas nachzusinnen, murmelst Du Dir etwas in Deinen Bart und schiebst dabei Deine Perücke in den Nacken, dann wieder in die Stirn, dann wieder in den Nacken - und so weiter und so weiter."

„Ich bin eben gezwungen, sehr oft darüber nachzudenken, wie ich uns aus der Patsche raushole, in die Ihr uns gebracht habt, wenn ich mich.... okay, lassen wir das. Ich frage mich nur, was White mit unserem Greenhorn noch zu besprechen hat."

White und Shatterhand hatten sich abgewendet und schienen noch Wichtiges zu diskutieren.

„Ja, seltsam, was mögen die beiden Gentlemen aushecken?", fragte Dick.

„Geht uns nichts an!", ließ Will verlauten.

„Richtig. Aber seht, sie kommen wieder auf uns zu."

Mr. White legte keinen Wert darauf, sich von Mr. Bancroft zu verabschieden. Wir hatten die Absicht, ihn auf seinem Rückweg ein Stück zu begleiten und schwangen uns auf unsere Reittiere. Wir ritten munter in den schönen Herbsttag hinein, sprachen über das geplante, großartige Bahnunternehmen und über alles, was uns auf dem Herzen lag. Zu Mittag machten wir an einem Bach halt, um ein einfaches Mahl zu genießen. Dann ritt White mit seinem Scout weiter, während Shatterhand und ich noch etwas im Gras liegen blieben.

„Bisher war es ein aufregender Tag, Mr. Shatterhand, oder?"

„Mr. Shatterhand?"

„Ja, Mr. Shatterhand. Ihr solltet diesen Namen benutzen. Hat einen guten Klang."

„Findet Ihr?"

„Ja, das finde ich. Vielleicht werdet Ihr später auch eine Berühmtheit wie Old Firehand."

„Danach strebe ich nicht."

„Das habe ich auch nicht behauptet. Aber das Leben geht manchmal seine eigenen, mitunter seltsamen Wege."

„Da stimme ich Euch zu."

„Habt übrigens eine recht gute Figur gemacht, als Rattler Euch ans Leder wollte. Respekt."

„Gewalt anzuwenden, liegt mir eigentlich fern. Aber in diesem Falle sah ich keinen anderen Ausweg."

„Recht so, mein junger Freund. Auch ich ziehe die List der Gewalt vor.Aber es gibt Situationen, in denen selbst die beste List keine Wirkung mehr zeigt und man sich seiner Haut auf andere Weise wehren muss."

„Ich hoffe, dass ich selten in eine solche Situation kommen werde, Mr. Hawkens."

„Oh, ich glaube nicht, dass sich das vermeiden lässt, hier in den 'dark and bloody grounds'."

„Für mich steht fest, dass ich nie einen Menschen töten werde, wenn ich einen anderen Ausweg wählen kann. Gleichgültig, ob es sich um einen roten oder weißen Menschen handelt."

„Dies ist eine löbliche Absicht und das Kleeblatt handelt ähnlich. Aber ich muss gestehen, dass es uns nicht immer gelingt, Leben zu schonen."

„Belasten Euch Eure Taten?"

„Was fällt Euch ein? Wir haben ja keine Morde begangen, sondern uns lediglich unserer Haut gewehrt."

„Entschuldigt, Mr. Hawkens, ich habe es nicht böse gemeint. Ich kann mir nur nicht vorstellen, einen Menschen zu töten."

„Wenn Ihr in die Situation kommt, werdet Ihr nicht die Zeit haben, lange nachzudenken."

„Nun, vielleicht komme ich eines Tages einmal in eine solche Lage."

„Dies wird sicher geschehen, Mr. Shatterhand, ganz sicher. Aber ich habe noch ein kleines Anliegen an Euch."

„Nur zu, sprecht Euch nur aus, Mr. Hawkens."

„Erinnert Ihr Euch an den Abend bei der Familie Welter, als wir uns zum erste Mal gegenüberstanden?"

„Selbstverständlich."

„Damals war mir Eure bisherige Lebensgeschichte gleichgültig, da wir nicht die Absicht hatten, Euch mitzunehmen. Nun stellt sich die Sache etwas anders dar. Denn ich muss gestehen, und ich spreche auch im Namen meiner Kameraden, dass wir Euch in unser Herz geschlossen haben."

„Ich habe die gleiche Zuneigung zu Euch gefasst, Mr. Hawkens, und auch zu Dick Stone und Will Parker."

„Das freut mich sehr, und deshalb meine Bitte, mir etwas mehr von Euch zu erzählen."

„Sicher möchtet Ihr wissen, in welcher Form ich mit dem Gesetz in Konflikt geraten bin."

„Nicht vordergründich. Erzählt mir einfach etwas von Euch. Wie war das Leben in der alten Heimat? Aus welcher Familie stammt Ihr?"

„Nun, ich bin der Sohn blutarmer Weberleute. Man hielt mich für begabt. Man wünschte, ich solle studieren. Aber für Gymnasium und Universität gab es keine Mittel. Da hungerten und kümmerten meine Eltern und Geschwister jahrelang, um mir durch einen Seminarbesuch zu ermöglichen, Lehrer zu werden."

„Dieses Ziel habt Ihr ja erreicht. Denn ich denke mir, dass Ihr der Familie Welter, bevor Ihr eingestellt wurdet, Referenzen vorlegen musstet, wenn ich mich nicht irre."

„Nein. Ich arbeitete eine kurze Zeit in der alten Heimat. Ich wurde Lehrer in einer Fabrikschule und teilte mein Zimmer mit dem Buchhalter dieser Fabrik. Vor meiner Einstellung stand dem Herrn diese Unterkunft alleine zur Verfügung und ich war sicher in seinen Augen ein Störenfried, der nicht auf eine herzliche Aufnahme hoffen konnte. Dieser Buchhalter zürnte mir darüber, dass er nun nicht mehr der alleinige Herr seiner Räume und Besuche war."

„Eine fatale Situation, die sicher für Spannungen sorgte."

„Natürlich, Mr. Hawkens. Dieser Ansicht war ich auch. Aber dieser Herr gab sich freundlicher, als ich erwartet hatte. In meiner Eigenschaft als Lehrer war es mir natürlich ein Bedürfnis, meinen Unterricht pünktlich zu beginnen und zu beenden. Leider fehlte mir eine Uhr und so bat ich meinen Mitbewohner, der über zwei Uhren verfügte, mir eine, und zwar die billige, alte Uhr, zu borgen."

„Kam er Eurer Bitte nach?"

„Ja, und dies sogar mit Freuden. Es wurde mir zur Gewohnheit, die Uhr bei Schulbeginn einzustecken und ebenso wieder an ihren Platz an einen Nagel an der Wand zu hängen, wenn ich vom Unterricht in unsere Unterkunft zurückkam. Am letzten Schultag vor den Weihnachtsferien wollte ich gleich nach Schulschluss abreisen, um die Eltern zu besuchen, ohne vorher unsere Wohnung aufzusuchen, konnte also die Uhr nicht an ihren angestammten Platz bringen. Um es kurz zu machen: Ein Gendarm nahm mich später fest, weil man mir den Diebstahl einer, eben dieser, Uhr zum Vorwurf machte. Sechs Wochen Gefängnis war das Urteil des Richters."

„Konntet Ihr den Irrtum nicht aufklären?"

„Nein, denn ich muss gestehen, dass ich mich bei meiner Festnahme sehr verdächtig verhielt und sogar den Besitz dieser Uhr in Abrede stellte."

„Und als man sie bei Euch fand, glaubte niemand mehr, dass Ihr das gute, alte Stück nur geliehen hattet."

„Genau so war es. Nach Beendigung der Haftzeit ging ich zu den Eltern. Weder Vater und Mutter noch meiner Großmutter oder einer meiner Schwestern fiel es ein, mir Vorwürfe zu machen."

„Und für eine Tracht Prügel wart Ihr wohl schon zu alt, wenn ich mich nicht irre."

„Richtig, aber nun bin ich in der neuen Welt, kann einen neuen Anfang machen und meine Schuld bei den Eltern und der Familie versuchen, wieder gut zu machen."

„Ein löblicher Vorsatz. Und so manches Greenhorn hat es im Westen auch schon zu einigem Wohlstand gebracht."

„Ich suche keine Reichtümer. Ein geregeltes Einkommen genügt mir schon."

„Gut, junger Freund, brechen wir auf."

„Mr. Hawkens?"

„Was liegt Euch auf dem Herzen?"

„Hat Mr. White Euch unterrichtet, dass er die Spuren von Indianern entdeckt hat?"

„Aha, ist das so?"

„Er schien besorgt zu sein."

„Und Ihr, seid Ihr auch besorgt?"

„Nein, warum sollte ich?"

„Also, keine Angst?"

„Fällt mir nicht ein."

„Ihr kennt die Roten nicht."

„Hoffe, sie aber kennenzulernen. Sie werden wohl grad wohl wie andere Menschen sein: nämlich die Feinde ihrer Feinde und die Freunde ihrer Freunde. Und da es nicht meine Absicht ist, sie feindselig zu behandeln, so nehme ich an, dass ich nichts von ihnen zu befürchten habe."

„Ihr seid eben ein Greenhorn und werdet es ewig bleiben. Aber brechen wir nun wirklich auf und seid versichert, dass das Kleeblatt über die Aktivitäten der Roten sehr gut unterrichtet ist."

„Ich schöpfe noch etwas Wasser, Mr. Hawkens."

„Tut, wonach Euch verlangt."

Wir erhoben uns und Shatterhand trat an das Ufer des kleinen Baches und bückte sich zum Wasser nieder, um zu trinken.

„Mr. Hawkens! Kommt doch einmal rasch zu mir!"

Dieser Aufforderung kam ich unverzüglich nach. Denn ich bemerkte eine gewisse Erschrockenheit in der Stimme des neuen Helden.

„Was gibt es denn, mein junger Freund?"

„Schaut, diese Spur! Ich habe sie im Bett dieses Baches entdeckt."

„Und was schließt Ihr daraus?"

„Indianer?"

„Rothäute? Die Ihr hofft kennenzulernen, in aller Freundschaft?"

„Spaßt nicht mit mir, Mr. Hawkens!"

„Ich spaße nicht. Aber wie hattet Ihr Euch vor einigen Augenblicken geäußert? Und da es nicht meine Absicht ist, sie feindselig zu behandeln, so nehme ich an, dass ich nichts von ihnen zu befürchten habe. Diese Spur stammt von einem unerfahrenen jungen Indsman. Denn kein erfahrener Krieger würde in dieser Weise eine Spur hinterlassen. Es sein denn, er wäre ein rotes Greenhorn, so Ihr eines mit bleicher Hautfarbe seid, wenn ich mich nicht irre. Aber zurzeit herrscht zwischen den hier ansässigen Stämmen Frieden und es wird sich wohl um einen Kundschafter auf Büffelfleisch handeln. Denn die possierlichen Tierchen sind sicher in der Nähe. Aber nun sollten wir uns wirklich auf den Weg machen, wenn ich mich nicht irre!"

Kapitel 6 – Winnetou

Ich bin, natürlich nur wenn ich mich nicht irre, als ein sehr bescheidener Mensch bekannt. Übertreibungen meiner Fähigkeiten lagen mir stets fern. So würde ich auch keinesfalls die Behauptung aufstellen, dass aus meiner „Liddy" niemals ein Fehlschuss ihren Lauf verlassen hat. Nein, ich habe sicherlich schon einige Böcke geschossen, mag der geneigte Leser dies nun verstehen, wie er möchte.

Aber meine Gefährten und ich waren gute Schützen. Und es gab für mich persönlich manche Gelegenheit, dies im Wettstreit unter Beweis zu stellen.

Es fällt mir jedoch schwer, über die nun folgenden Begebenheiten zu berichten, die mich und meine westmännischen Fähigkeiten in keinem guten Licht erscheinen lassen.

Wir hätten auf dem Weg, den wir gekommen waren, wieder zurückkehren können. Aber auf Bitten von May bogen wir ein Stück ab und schlugen dann die Parallele ein. Wir kamen in ein breites Tal, das mit saftigem Gras bewachsen war.

Nach einer kleinen Strecke sahen wir sie.

Büffel!

Wahrhaftig Büffel!!

Mir lief das Wasser schon im Munde zusammen.

Büffelfleisch, über dem offenen Feuer gebraten, ist mehr als eine Delikatesse. Ich machte mich also zur Jagd bereit, gebot dem jungen Greenhorn, sich nicht daran zu beteiligen. Denn wie „grün" der junge Mann noch war, ging aus seiner Bemerkung hervor, dass es ihm ausreichen würde, die Tiere nur „beobachten" zu wollen.

Um es kurz zu machen, und wie ich schon erwähnte, berichte ich nicht gerne über diese Jagd: Ich machte Fehler. Fehler, die mich leicht das Leben hätte kosten können. Mein Pferd hatte nicht das Glück, dieses Abenteuer zu überleben. Ein Büffel riss ihm den Leib auf und mir blieb nur die traurige Pflicht, es von seinen Leiden zu erlösen. Wir „befreiten" die erlegte Büffelkuh, das doch recht erfolgreiche Resultat der Jagd, von ihrer Lende, die auf Shatterhands Pferd geladen wurde.

Als wir unser Lager erreichten, war die Verwunderung groß, dass ich zwar mit Sattel, aber ohne dem dazugehörigen Pferd erschien. Ich gab eine kurze Auskunft über das Geschehene und wollte mich nicht weiter äußern. Später, als Shatterhand sein Pferd versorgte, hatte ich die Gelegenheit, meinen Freunden Dick und Will das Erlebte ausführlich zu erzählen.

Ich muss an dieser Stelle einmal erwähnen, dass es wirklich der Tatsache entspricht, dass Shatterhand mir bei dieser Bisonjagd das Leben rettete.

Aber was war geschehen?

Wie kam ich in diese Situation?

Aus heutiger Sicht, natürlich immer unter dem Vorbehalt, wenn ich mich nicht irre, nehme ich an, dass nicht nur der Gaul mit mir durchgegangen ist und er dies mit dem Leben bezahlen musste, sondern dass ich zu sehr den „Lehrmeister" spielen wollte. Zu perfekt sollte die Jagd werden, um Shatterhand meine Fähigkeiten vor Augen zu führen, zu denen er, so glaubte ich damals noch, nicht fähig war. Aber ich hatte mich getäuscht. Shatterhand hatte alle Voraussetzungen, ein guter, ein hervorragender Westman zu werden, selbst wenn er die Erlegung eines alten Bisonbullen der einer Kuh vorzog, weil er annahm, dass an einem alten Bullen mehr Fleisch zu finden sei. Natürlich ist diese Annahme richtig. Aber was nutzt es, wenn man viel Fleisch eines alten Bullen besitzt, es aber nicht kauen kann. Denn ein alter Goliath hat nicht nur Moos auf dem Buckel, sondern sein Fleisch ist zäh, wenn ich mich nicht irre.

Es war also kein guter Tag für den Sohn meines Vaters, das muss ich zugeben.

Mein Pferd war tot, also musste ich mich nach einem neuen Reittier umsehen. Da die Bisons ihren Weg Richtung Süden angetreten hatten, das wusste ich aus Erfahrung, würden die Mustangs nicht lange auf sich warten lassen.

Aber auch die Jagd auf Mustangs stand für mich unter keinem guten Stern.

Es hatte den Anschein, dass mir sämtliche Fähigkeiten, die ich mir über sehr viele Jahre angeeignet hatte, innerhalb weniger Tage abhandengekommen waren. Immerhin war die Jagd auf Mustangs wenigstens erfolgreich und brachte mich in den Besitz eines hervorragenden Maultieres, an dem ich viele lange Jahre meine helle Freude haben sollte.

Ich versuche, die damaligen Ereignisse so zu schildern, wie sie mir in Erinnerung geblieben sind. Natürlich kann ich nicht behaupten, dass ich mich in manchen Dingen nicht irre, wenn ich mich nicht irre, aber vielleicht ist auch unserem „Greenhorn" einiges entfallen.

So ist es absolut falsch, wenn er behauptet, dass er meine „Mary", so nannte ich mein Maultier, zugeritten hat.

Wäre dies so geschehen, wie May es in seinem Buch beschreibt, hätte ich keinerlei Grund mehr gesehen, mich in den „dark and bloody grounds" aufzuhalten. Ich wäre für solche Unternehmungen nicht mehr geeignet gewesen, wenn es mir nicht mehr gelungen wäre, ein Wildpferd oder ein Maultier meinem Willen zu unterwerfen.

Aber diesen kleinen Denkfehler sehe ich May gerne nach. Spätere Irrungen kann ich, auch im Namen meiner Gefährten, nicht gutheißen! Aber dazu komme ich später.

Nachdem ich mir also meine „Mary" gefügig gemacht hatte, war ich wieder bestens beritten. Natürlich war es unumgänglich, dass ich meinem neuen Reittier noch einige Feinheiten beibringen musste. Die Gelegenheit ergab sich, als meine Gefährten und ich das Lager verließen, um wieder einmal die Gegend zu inspizieren. Diese Ritte waren notwendiger denn je, besonders nachdem wir die Spur eines Indianers entdeckt hatten.

„Ich werde das Gefühl nicht los, dass es Ärger geben wird, meine lieben Gefährten."

„Da stimme ich Dir zu, Sam", antwortete Will Parker, „Indianer. Ich sage nur Indianer!"

„War wohl auch nicht zu vermeiden, Will, wenn ich mich nicht irre. Aber damit war wohl zu rechnen. Seit über drei Monaten sind wir in dieser verwünschten Gegend, vermessen Land, das uns nicht gehört. Es wäre ein Wunder, wenn die Indianer nicht schon seit einiger Zeit ein Auge auf uns geworfen hätten."

„Kiowas oder Apatschen? Was meinst Du Sam?"

„Apatschen, Dick, sicherlich Apatschen. Die Kiowas erlauben den Bahnbau oder, besser gesagt, die vorangestellten Vermessungen. Aber die Apatschen waren wohl nicht zu Zugeständnissen bereit und wir befinden uns seit einiger Zeit auf derem Gebiet."

„Sicher ist Intschu tschuna, der derzeitige Häuptling der Apatschen, bestens über unsere Tätigkeit unterrichtet, ebenso wie sein Sohn Winnetou."

„Wir haben aber keinerlei Hinweise darauf, dass uns die Roten beobachten. Keine Spur eines oder mehrerer Späher, außer dem Fußabdruck, den Shatterhand und Du entdeckt haben."

„Der stammte von keinem Apatschen, sondern von einem Kiowa."

„Woraus schließt Du das?"

„Das ist doch offensichtlich, Dick", mischte sich nun Will in unser Gespräch ein.

„Oha", rief Dick aus, „dann lass mich an Deiner Weisheit teilhaben."

„Ich bin kein Mann der großen Worte, aber für Dich mache ich eine Ausnahme. Ich hoffe, Du kannst mir folgen. Die Kiowas sind mit der Vermessung des Landes, also den Teil betreffend, der zu ihrem Gebiet gehört, einverstanden. Richtig?"

„All right."

„Trotzdem wird der Häuptling der Kiowas diese Arbeiten beobachten lassen. Richtig?"

„All right."

„Da keine Feindschaft zwischen uns und den Kiowas besteht, ist es nicht unbedingt nötig, die besten Kundschafter mit dieser Aufgabe zu betreuen, um uns und vielleicht auch die anderen Abteilungen zu beobachten. Aus diesem Grund hat der Häuptling der Kiowas junge und unerfahrene Krieger beauftragt, dies zu tun. Auf die Spur eines solch unerfahrenen Spähers ist Sam und Shatterhand gestoßen. Richtig?"

„Es könnte sein, dass Du ins Schwarze getroffen hast. Die gleichen Gedanken habe ich mir auch schon gemacht", antwortete Dick etwas verlegen.

„Davon bin ich überzeugt. Und was sagst Du dazu, Sam?"

„Ich glaube nicht, dass wir einen Angriff von den Kiowas zu erwarten haben, obwohl Tangua mit alles Wassern gewaschen ist."

„Also, keine ehrliche Haut?"

„Nein, ein Halunke, wie es wohl kaum einen größeren geben kann."

„Und die Apatschen?"

„Auch die werden uns nicht ohne Vorwarnung überfallen."

„Was macht Dich denn da so sicher?"

„Häuptling Intschu tschuna. Er ist nicht der Mann, eine Hinterlist zu planen."

„Oh, eine edle Gesinnung, und die bei einer Rothaut?"

„Ja, Dick, aber er war nicht immer ein so zartfühlender Mensch, wenn ich mich nicht irre..."

„Wurde er bekehrt?"

„So kann man es ausdrücken. Klekih Petra, ein Weißer aus dem alten Europa, kam zu den Apatschen, wurde aufgenommen und trug sicher seinen Teil dazu bei, Intschu tschunas Wesen zu beeinflussen. Aber das ist eine lange Geschichte."

„Sollten wir nicht langsam ins Lager zurückkehren, Sam?"

„Du sprichst mir aus der Seele, lieber Dick. Ich möchte unser Greenhorn nicht zu lange ohne Aufsicht lassen. Am Ende hat er in unserer Abwesenheit eine Dummheit begangen und sich wieder mit Rattler angelegt, wenn ich mich nicht irre."

Wir hatten einen weiten Bogen geschlagen und ritten aus einer andern Richtung auf unser Lager zu. Plötzlich zügelte Dick Stone sein Pferd.

„Ja, was sehen meine getrübten Augen? Schaut, dort, eine Spur!"

Ich blickte in die Richtung, in die Dick deutete. Und richtig, es war ein schmaler Streifen im Grase zu entdecken.

„Tatsächlich, Dick, es ist tatsächlich so. Eine Spur! Mein altes Herz hüpft vor Freude. Nach so vielen Jahren ist es Dir am heutigen Tage endlich vergönnt, eine Spur zu entdecken, noch bevor meine scharfen Augen sie erblickte. Respekt, wenn ich mich nicht irre!"

Natürlich galt es, die Fährte genau zu untersuchen. Wir ritten zu der betreffenden Stelle, und, wahrscheinlich von meinem Lob beflügelt, erreichte Dick diese vor uns, sprang von Pferd und kniete sich neben die Spur ins Gras.

„Die Spur dreier unbeschlagener Pferde. Sie ritten hintereinander, ganz nach indianischer Art."

Natürlich war diese Annahme richtig. Denn Dick war ein sehr guter Spurenleser, der meine kleinen Seitenhiebe, seine Fähigkeiten betreffend, ebenso wie Will Parker nicht ernst nahm.

„Richtig, lieber Dick, ausgezeichnet! Es treiben sich also Indsman hier herum."

„Ob sie auf der Suche nach unserem Lagerplatz sind?"

„Das glaube ich nicht. Sie sind sicherlich auf der Jagd. Ein Überfall ist nicht anzunehmen. Es handelt sich auch nicht um Kundschafter. Denn diese hätten ihre Spuren nicht so eindeutig hinterlassen und wären sicher nicht in einer Gruppe geritten."

„Nun", ließ Will verlauten, der sich nicht die Mühe gemacht hatte, von seinem Pferd zu steigen, „ich will hoffen, dass diese Herrschaften sich wirklich auf der Jagd nach Wild befinden und keine Skalpe erbeuten möchten."

„Wenn es so wäre, müsste ich die roten Gentlemen bitter enttäuschen, wie allgemein bekannt sein dürfte."

„Das stimmt, Sam", lachte Will.

„Genug gescherzt, meine Herren", rief Dick uns zur Ordnung, „es gilt zu überlegen, was zu tun ist."

„Wir folgen der Spur, mein Freund. Bedächtig und auf alles achtend."

Dick und ich nahmen unsere Reittiere wieder zwischen unsere Schenkel und, immer die Spur im Auge behaltend, ritten wir weiter.

Nach einiger Zeit stießen wir auf drei Pferde, die sorgsam an Büschen angebunden waren.

„Apatschen", entfuhr es mir, „es sind drei Apatschen, wie an den Mustern der Pferdedecken zu erkennen ist."

„Sie befinden sich in gefährlicher Nähe unseres Lagers."

„Das ist richtig, Will."

„Was werden wir tun?"

„Das, was wir in einem solchen Fall immer tun. Da wir nicht wissen, welche genauen Absichten die Roten hegen, umreiten wir unser Lager in einer gewissen Entfernung und schauen, ob sich dort etwas ereignet hat."

Wir ritten einen Bogen und näherten uns vorsichtig dem Lagerplatz.

Aus sicherer Entfernung konnten wir erkennen, dass sich die Leute in heller Aufregung befanden. Aber es schien keine Gefahr zu bestehen und so lenkten wir unsere Pferde vollends zwischen die aufgeregte Menge.

Zwei Indianer waren erschienen. Und Shatterhand berichtete uns, dass es sich um Intschu tschuna, Winnetou und Klekih Petra handelte. Erstaunt oder beunruhigt waren meine Gefährten und ich aber keineswegs. Zu oft schon hatten wir es mit den Roten zu tun und kamen meistens durch List und Tücke mit heiler Haut davon. Bis auf eine Ausnahme, die mich mein Haupthaar kostete, das ich mit vollem Recht seit Kindesbeinen an getragen habe. Aber dies erwähnte ich ja bereits, wenn ich mich nicht irre.

„Ist sonst noch etwas vorgekommen?", erkundigte ich mich bei Shatterhand.

„Ja."

„Was?"

„Etwas sehr Wichtiges."

„Heraus damit, habt Ihr Euch wieder mit Rattler angelegt?"

„Nein, mit einem Grizzly!"

Ich war mehr als erstaunt. Und als ich hörte, dass dieses Greenhorn den Bären mit einem Messer angegriffen hatte, war ich fassungslos.

Meine Neugier, den Grizzly zu bewundern, konnte ich kaum Einhalt gebieten. Und da es Streitigkeiten darüber gab, wer nun den Bären wirklich erlegt hatte, wurde ich um mein fachmännisches Urteil gebeten.

Aber die Indianer der damaligen Zeit gehörten einer sehr stolzen Rasse an. Vom einfachen Krieger bis zum Häuptling duldeten sie keinerlei Nichtachtungen oder sonstige Schmähungen.

Natürlich war uns dieser Umstand bekannt und ich achtete sehr darauf, den Häuptling der Apatschen nicht durch mein Verhalten zu beleidigen. Denn Intschu tschuna war als ein sehr stolzer Mann bekannt. Zu meiner Überraschung ließ er sich mit seinen Begleitern im Gras nieder und schien sich gedulden zu wollen, bis ich meine Entscheidung, die den Bären betraf, gefällt hatte. Bancroft gesellte sich in gebührendem Abstand zu den Apatschen. Und wir konnten von Glück reden, dass er nüchtern zu sein schien.

Was den Grizzly betraf, so war es für mich nach kurzer Betrachtung klar, dass er an den Messerstichen verendet war, da er keinerlei nennenswerte Schussverletzungen aufwies. Ich fällte diese Entscheidung nach bestem Wissen und Gewissen. Die Sache war also abgetan und wir konnten uns nun den Indsman widmen.

Bancroft, im Umgang mit Indianer wohl unerfahren, forderte den Häuptling mit seiner ersten Frage schon heraus, als er sich zaghaft erkundigen wollte, welchen Wunsch Intschu tschuna vorzutragen habe. Dick, Will und auch mir fiel diese Ungeschicklichkeit natürlich sofort auf. Wir konnten uns doch denken, was den Häuptling veranlasst hatte, unser Lager aufzusuchen. Die Antwort Intschu tschunas fiel entsprechend aus. Seine Argumente konnten weder von Bancroft noch von uns widerlegt werden. Intschu tschuna hielt dem Oberingenieur die Sünden vor, die wir als christliche Bleichgesichter an den Indianern begehen würden. Er sprach vom sinnlosen Fangen der Mustangs, vom Abschlachten der Büffel, ohne die Not des Hungers zu erleiden. Seine Kenntnis, den christlichen Glauben betreffend, war beachtlich und wohl auf den Einfluss Klekih Petras zurückzuführen. Bancroft befand sich in arger Verlegenheit. Der Häuptling verlangte die sofortige Einstellung der Vermessungen. Ja, er verbot sie sogar. Wie ernst der Oberingenieur die Situation einschätzte, ließ sich daran erkennen, dass er sich sogar Hilfe suchend an Shatterhand wandte, der diese Hilfe aber barsch ablehnte.

Intschu tschuna entfernte sich mit seinem Sohn, um uns eine Bedenkzeit von einer Stunde zu geben. Nach Ablauf dieser Zeit sollten wir uns entscheiden - und zwar zwischen Krieg und Frieden.

Die Beratung wurde aufgelöst und, während Shatterhand wohl ein Interesse an Klekih Petra zeigte und sich diesem widmete, beriet ich mich mit meinen Gefährten.

„Eine verteufelte Situation, in der wir uns befinden, meine Freunde."

„Ja, Sam, es sieht nicht gut aus", pflichtete mir Will bei, „der Häuptling scheint ein entschlossener Mann zu sein, mit dem nicht zu spaßen ist. Wir können uns glücklich schätzen, dass er uns nicht gleich mit seinen Kriegern überfallen und in die ewigen Jagdgründe geschickt hat."

„Dazu ist er nicht der Mann. Aber darüber haben wir ja bereits gesprochen."

„Und was ist nun zu tun?"

„Wir werden abwarten müssen, wie sich Bancroft entscheidet."

„Vielleicht sollten wir ihm mit Rat und Tat zur Seite stehen, Sam."

„Ich glaube, wir brauchen unsere Hilfe nicht anzubieten. Schaut, wer da kommt."

Bancroft näherte sich uns mit sehr besorgter Miene.

„Mr. Hawkens, Mr. Stone, Mr. Parker", grüßte er jeden Einzelnen von uns.

„Was können wir für Euch tun, Mr. Bancroft?"

„Ich möchte Euren Rat einholen, Mr. Hawkens, den Ihr mir sicherlich als erfahrene Westmänner geben könnt."

„Wir werden es versuchen, Mr. Bancroft. Hättet Ihr uns schon früher um einen Rat gebeten, wären wir nun nicht in dieser Zwickmühle. Wenn anständig gearbeitet worden wäre, könnten wir schon seit einiger Zeit aus dieser Gegend verschwunden sein, wenn ich mich nicht irre."

„Eure Vorwürfe mögen berechtigt sein, helfen uns aber nun auch nicht weiter. Ihr habt Erfahrung mit den Roten. Deshalb meine Bitte an Euch, mir einen hilfreichen Rat zu geben."

„Ja, Erfahrung haben wir, da irrt Ihr Euch sicher nicht. Aber die hilft uns wenig. Der Häuptling hat in allen Punkten das Richtige getroffen. Wir werden uns wohl fügen und seinem Befehl gehorchen müssen."

„Ihr meint, wir sollen unsere Zelte hier abbrechen und unverrichteter Dinge abziehen?"

„Es wird wohl keine andere Möglichkeit geben, wenn ich mich nicht irre."

„Das gefällt mir absolut nicht, Mr. Hawkens."

„Dann müsst Ihr dem Häuptling einen anderen Vorschlag machen. Aber ich bezweifle, dass er sich überlisten lassen wird."

„Hättet Ihr denn eine List?"

„Keine, von der ich annehme, dass sie Erfolg hat. Aber einen Versuch wäre es wert."

„Sprecht, Mr. Hawkens."

„Wir erhalten unsere Anweisungen aus Santa Fe. Sagt dem Häuptling, dass Ihr keine so schwerwiegende Entscheidung alleine treffen könnt und daher einen Boten in die Stadt senden werdet, um weitere Instruktionen zu erbitten. Bis zur Rückkehr des Boten könntet Ihr die Arbeiten unter Umständen weiterführen und vielleicht beenden."

„Die Zeit, die ein Bote braucht, wäre mehr als ausreichend."

„So versucht es. Aber wie gesagt, ich bin nicht überzeugt, ob es listig genug für diesen scharfsinnigen Indsman ist."

„Ich werde es auf einen Versuch ankommen lassen, Mr. Hawkens."

Bancroft entfernte sich.

„Ob das ein guter Rat war, Sam, ich glaube nicht", bemerkte Will Parker.

„Hast Du einen besseren Einfall?"

„Nein."

„Dann halte den Schnabel, altes Greenhorn. Wir befinden uns in einer sehr prekären Lage. Und ich kann nur hoffen, dass wir den Kopf noch aus der Schlinge ziehen können."

„Durch Deine Listigkeit?"

„Selbstverständlich wird mir zu gegebener Zeit eine bessere Gewitztheit einfallen, als die, die ich Bancroft geraten habe."

„Das will ich hoffen, Sam."

Nach Ablauf der Frist kehrten Intschu tschuna und sein Sohn Winnetou, nun vorzüglich beritten, zurück. Der Häuptling forderte nochmals von Bancroft nicht nur den sofortigen Abbruch aller Arbeiten, sondern auch, dass wir umgehend das Land der Apatschen zu verlassen hätten. Alle Einwände, die Bancroft geltend machen wollte, lehnte der Häuptling in strengem Tone ab.

Im Laufe dieser Auseinandersetzung zwischen Intschu tschuna und Bancroft entfernten sich meine Gefährten und ich.

„Die Zeit ist gegeben, Sam", sagte Will.

„Wie bitte? Was hat es gegeben?"

„Nun, lieber Sam, Du erwähntest, dass Dir zu gegebener Zeit ein Gedanke kommen würde. Ich denke, sie ist nun gegeben. Denn eine Einigung wird wohl nicht zu erreichen sein."

„Ja, so wird es wohl sein."

„Und nun?"

„Wir hätten die Möglichkeit, Intschu tschuna, Winnetou und Klekih Petra in unsere Gewalt zu bringen. Ich denke nicht, dass sich der Häuptling in Begleitung weiterer Krieger befindet. Er, sein Sohn Winnetou und Klekih Petra befanden sich angeblich auf der Jagd nach dem Bären."

„Leider kann ich Dir nicht ganz folgen, Sam."

„Nun, ich möchte in diesem Fall einmal auf eine bissige Bemerkung verzichten, wenn ich mich nicht irre."

„Das ist sehr freundlich von Dir, Sam."

„Also, weiter im Text. Ich würde behaupten, dass das nächste Lager der Apatschen etwa drei Tagesritte von hier entfernt ist. Dort wird man den

Häuptling im ungünstigen Fall in einigen Tagen vermissen. Halten wir ihn hier gefangen, bestünde die Möglichkeit, die Arbeiten zu beenden und das Lager abzubrechen. Wir könnten uns davon machen und nach einiger Zeit dem Häuptling und seinen Begleitern die Freiheit wiedergeben."

„Ein guter Plan, das muss ich zugeben."

„Danke Will. Und wie ist Deine Meinung, Dick?"

„Ich stimme ebenfalls zu, Sam. Aber wir werden uns mit Bancroft besprechen müssen."

„Selbstredend, Dick."

„Dann sollten wir nicht zögern und so schnell wie möglich zur Tat schreiten."

„Ja, das sollten wir. Aber seht Euch Rattler an. Er scheint wieder einmal voll Brandy zu sein, wenn ich mich nicht irre!"

„Da gebe ich Dir Recht, Sam. Schaut, er schwankt auf Winnetou zu."

Nun überschlugen sich die Ereignisse. Rattler hatte sich in den Kopf gesetzt, Winnetou zu zwingen, einen Brandy mit ihm zu trinken, was der Apatsche natürlich ablehnte. Rattler in seinem Wahn schüttete dem jungen Häuptlingssohn den Inhalt des Brandybechers ins Gesicht. Blitzschnell rächte der Indsman diese Beleidigung und schlug den Betrunkenen mit der Faust nieder. Natürlich nahmen wir an, dass dieser sich nun auf den Indianer stürzen würde, was aber zu unserer Verwunderung nicht geschah. Er zog sich unter den wildesten Flüchen zurück. Wir glaubten alle, auch Old Shatterhand, das möchte ich besonders erwähnen, dass Rattler sich wieder dem Brandy zuwenden würde, und achteten daher nicht weiter auf ihn.

Bancroft und der Häuptling kamen zu keinem Ergebnis.

„Es ist kein Frieden zwischen uns." Mit diesen Worten beendete Intschu tschuna die Unterredung und wandte sich ab, um mit seinem Sohn und Klekih Petra zu den Pferden zu gehen.

In diesem Moment hörten wir die Stimme Rattlers.

„Immer fort mit Euch, Ihr roten Hunde. Aber den Hieb ins Gesicht soll mir der Junge sofort bezahlen."

Er legte auf Winnetou an. Aber bevor er zum Schluss kam, warf sich Klekih Petra vor den Häuptlingssohn und wurde von der Kugel Rattlers tödlich getroffen. Kaum einen Lidschlag später wurde der Schütze von der Faust Old Shatterhands gefällt.

Westmänner unseres Schlages, die sich seit vielen Jahren in den „blutigen Gründen" herumgetrieben haben, war der Tod natürlich kein Unbekannter. Vielleicht klingt es auch etwas herzlos, wenn ich an dieser Stelle einmal erwähne, dass uns das soeben geschilderte wenig berührte. Während Winnetou und Old Shatterhand den letzten Worten des Sterbenden lauschten, überlegte ich schon fieberhaft, was nun zu tun sei.

Intschu tschuna und sein Sohn würdigten uns keines Blickes mehr. Sie hoben den Körper des Gefallenen auf dessen Pferd, bestiegen ihre eigenen Reittiere und ritten langsam davon.

„Das war ja schrecklich, aber für uns kann es leicht noch schrecklicher werden", sagte ich zu Shatterhand, der meine Worte allerdings nicht zu hören schien. Er sattelte sein Pferd und verließ das Lager.

„Dick, Will, kommt mit", rief ich meinen Freunden zu, „wir müssen mit Bancroft sprechen, wenn ich mich nicht irre."

Beide kamen meiner Aufforderung nach und wir traten zu Mr. Bancroft, der noch immer wie versteinert an der gleichen Stelle stand, seit der verhängnisvolle Schuss gefallen war.

Ich baute mich vor dem Oberingenieur auf.

„Bancroft! Wir müssen unverzüglich handeln, bevor es zu spät ist."

Er schien in gleicher Weise traumatisiert zu sein wie Shatterhand.

„Bancroft! Bancroft! Hören Sie, ruft Eure Männer zusammen. Wir müssen augenblicklich den Roten nach. Augenblicklich!"

„Was ist nur geschehen, Mr. Hawkens? Was ist hier nur geschehen?"

Mit Bancroft war nicht zu rechnen.

Sollte das Kleeblatt das Heft in die Hand nehmen?

Kapitel 7 – Tangua

Die Zeit drängte. Der Vorsprung der Indianer vergrößerte sich mit jeder Minute, die wir ungenutzt verstreichen ließen. Es war anzunehmen, dass der Häuptling und sein Sohn versuchen würden, das nächst liegende Lager der Apatschen schnellstmöglich zu erreichen. Der Transport der Leiche würde sie zwar in ihrer Eile behindern. Aber eins war mit Sicherheit der Fall: Die Apatschen sannen auf furchtbare Rache. Wenn wir keine Gegenmaßnahmen trafen oder, besser noch, die Kontaktaufnahme des Häuptlings mit seinen Kriegern unterbanden, würde uns ihre Rache furchtbar treffen.

„Dick, Will, trommelt die Leute zusammen. Alle sollen sich unverzüglich hier versammeln."

Meine Bitte wurde von meinen Gefährten sofort befolgt. Ich hatte den Eindruck, dass die Mannschaft gerne bereit war, keine eigene Verantwortung übernehmen zu müssen und sie bereitwillig in unsere Hände zu legen. Auch Rattlers Gefolgsleute, die Westmänner von Gottes Gnaden, waren offensichtlich bereit, sich unter die Führung des Kleeblattes zu stellen. Der Todesschütze hatte sich nach seinem Erwachen in sein Zelt zurückgezogen, um seinen Rausch auszuschlafen. Wir kümmerten uns nicht weiter um ihn.

Als sich alle Männer versammelt hatten, ergriff ich mit Einverständnis meiner Freunde das Wort.

„Leute, es gilt eine wichtige Entscheidung zu treffen, die keinen Aufschub duldet. Was geschehen ist, ist geschehen. Durch den Mord an Klekih Petra, dem Lehrmeister der Apatschen, werden wir uns wohl auf einen Rachefeldzug der Indsman einstellen müssen. Sie werden auf dem schnellsten Weg versuchen, ihre Krieger zu erreichen, um uns mit deren Hilfe zu überfallen. Meine Gefährten und ich sind zu dem Entschluss gekommen, die beiden Indsman zu verfolgen und sie in unsere Gewalt zu bringen, bevor sie Kontakt mit Ihresgleichen aufnehmen können. Wir werden, sollte uns der Streich gelingen, die beiden Roten solange in Gewahrsam nehmen, bis die Arbeiten abgeschlossen sind, und sie, nach dem wir unser Lager abgebrochen und uns eine weite Strecke von hier entfernt haben, dann frei lassen."

„Und wer soll den Indsman einfangen?", rief mir jemand zu.

„Nun, wir werden einen Trupp von Freiwilligen bilden, der diese Aufgabe unter unserer Führung übernehmen wird."

„Ich werde mich auf keinen Fall an einem solchen Unternehmen beteiligen", rief Riggs, „ich wurde als Vermesser angestellt und alles, was über diese Tätigkeit hinausgeht, lehne ich ab."

„Ich sagte es Mr. Bancroft schon: Hättet Ihr Eure Arbeit zügig und sorgsam durchgeführt, wären wir nun nicht in dieser Situation."

„Ich sehe aber nicht ein, mich in ein solches Abenteuer zu stürzen. Warum verschwinden wir nicht einfach und machen uns auf den Weg nach St. Louis?", röhrte jemand.

„Welch ein mutiger Vorschlag. Ihr gehört doch zu Rattlers Sippschaft, wenn ich mich nicht irre!"

„Ja. Aber was hat das mit meinem Vorschlag zu tun?"

„Das würde ich Euch erklären, wenn ich Zeit genug dazu hätte. Aber diese Zeit haben wir nicht.

Deshalb frage ich gerade heraus: Wer meldet sich freiwillig zu einem Trupp, der die Roten verfolgt und sie in unsere Gewalt bringt?"

Ein unschlüssiges Getuschel war zu vernehmen.

„Ich glaube nicht, dass Deine Idee große Zustimmung finden wird", raunte mir Will zu.

„Das befürchte ich auch."

Mr. Bancroft trat zu uns heran.

„Mr. Hawkens, es ist niemand bereit, dieses Unternehmen zu wagen."

„Das dachte ich mir schon."

„Die meisten Männer sind der Ansicht, dass wir das Lager abbrechen und verschwinden sollten."

„Die Lösung würde uns schlecht bekommen, Mr. Bancroft."

„Aus welchem Grund?"

„Erreicht Intschu tschuna ein Lager der Apatschen, sind wir so gut wie verloren. Er befehligt ja nicht nur seine Mescaleros, sondern ist der oberste Häuptling aller Apatschenstämme. Er würde Boten zu allen möglichen Stämmen schicken, die wesentlich schneller vorankommen als wir. Die Schar der Krieger, die seinem Ruf folgen, wäre sehr groß. Wir würden auf unserem Weg nach St. Louis abgefangen und wahrscheinlich auf offener Prärie aufgerieben."

„Wenn Ihr es sagt, Mr. Hawkens, wird es wohl so sein."

„Gut, dann können wir unseren Plan nicht ausführen und müssen der Dinge harren, die nun auf uns zukommen, wenn ich mich nicht irre!"

„Sam, komm doch einmal eben mit", sagte Will Parker und zog mich etwas abseits, „warum führen wir diesen Streich nicht aus?"

„Du meinst, das Kleeblatt soll die Roten fangen?"

„Du sagst es."

„Was sagst Du dazu, Dick?"

„Ich würde es ebenfalls wagen, Sam."

„Mir ist bekannt, dass es Euch, übrigens ebenso wie mir, wenn ich mich nicht irre, nicht an Mut fehlt. Aber wir dürfen uns der Gefahr nicht aussetzen. Intschu tschuna, und sicher gilt dies auch für seinen Sohn Winnetou, sind keine Grünschnäbel, die man schnell in Vorbeigehen überwältigt. Sicher ist ihnen auch bewusst, dass wir uns ihrer Person bemächtigen müssten, um uns zu schützen. Sie werden mehr als wachsam sein. Geschieht uns jedoch etwas bei diesem Abenteuer, sind die Männer hier vollkommen ohne Schutz."

„Dass wir alle drei ausgelöscht werden, ist sehr unwahrscheinlich."

„Möglich, lieber Will, aber eines hast Du übersehen."

„Und was, mein lieber Sam?"

„Es treibt sich allerlei indianisches Volk hier herum. Denke an die Kiowas. Nein, nein, nein. Wir hätten eine Trupp von wenigstens fünfzehn Männern benötigt. Aber das wird wohl nicht zu machen sein, wenn ich mich nicht irre."

Ich trat wieder zu Mr. Bancroft.

„Hört, Mr. Bancroft. Es wird wohl nicht zu einer Verfolgung der Roten kommen."

„Mr. Hawkens. Ich habe schwere Schuld auf mich geladen. Wenn ich etwas tun kann, sagt mir dies bitte."

„Nein, leider kommt Eure Einsicht etwas zu spät. Aber wir sollten das Lager hier abbrechen und vorerst zu der Stelle verlegen, wo der Grizzly erlegt wurde."

„Das soll augenblicklich geschehen. Ihr könnt Euch darauf verlassen. Aber Shatterhand ist noch nicht zurück. Ich werde zwei Leute hier postieren, die ihm dann den Weg zum neuen Lagerplatz weisen werden."

Shatterhand? Ich glaubte, nicht richtig zu hören. Bancroft, dem der junge Deutsche eher ein Dorn im Auge war, bediente sich nun des Kriegsnamens und schien sich eines Besseren besonnen zu haben. Er trottete mit gesenktem Haupt wieder zu seinen Leuten.

Wenn ich aus heutiger Sicht die damaligen Ereignisse überdenke, kann ich uns kein Fehlverhalten vorwerfen.

Klekih Petra war tot. Ermordet von einem Bleichgesicht, das dem Feuerwasser verfallen war. Aber, dies muss ich gestehen, unsere Trauer um den Weißen, der sich zu den Apatschen gesellt hatte, hielt sich in Grenzen. Wir gingen, wenn ich dies einmal so sagen darf, unseren üblichen Geschäften nach. Ich beschäftigte mich zunächst damit, dem erlegten Bären den Pelz auszuziehen, um ihn für Old Shatterhand sicherzustellen. Mit der Aufteilung des Fleisches wollte ich warten, bis das junge Greenhorn wieder auftauchte, was gegen Abend auch geschah. Ihn schienen die Ereignisse, insbesondere der Mord an Klekih Petra, mehr zu berühren als den Rest der Gesellschaft. Ihm war vollkommen gleichgültig, wer zu welchem Stück des Bären kam. Aber ich schnitt für ihn natürlich die Tatzen des Raubtieres ab, um sie für den bedrückten jungen Mann aufzuheben.

Shatterhand war es auch nicht möglich, zu verstehen, dass eine Bestrafung des Todesschützen durch uns nicht möglich sein würde. Die Gesetze des Westens waren, obgleich nirgends zu Papier gebracht, eindeutig und jedem Westman bekannt. Und wenn er aufrichtig war, wendete er diese auch an oder, besser gesagt, setzte er sie durch. Und so verfuhren wir auch. Wo kein Kläger, da kein Richter. Niemand aus unserer Gemeinschaft stand dem Getöteten so nahe, um Anklage erheben zu können. Zwar hatten wir die Möglichkeit, Rattler aus unserer Gemeinschaft auszuschließen. Aber dies hätte den Nachteil gehabt, dass er nicht mehr unter unserer Aufsicht stünde und in aller Heimlichkeit Unheil über uns hätte bringen können.

Old Shatterhand war von der Absage, was eine Anklage Rattlers betraf, sehr enttäuscht. Aber mir war zum damaligen Zeitpunkt völlig unklar, aus welchem Grund sich Old Shatterhand so für die Bestrafung einsetzte. Es schien überhaupt so zu sein, als ob er sich seit der Begegnung mit Klekih Petra verändert hatte. Seit der Stunde der Bedenkzeit, die der Häuptling uns zugebilligt und die Shatterhand mit dem weißen Lehrer der Apatschen verbracht hatte, war er ein anderer Mensch geworden. Was hatte er mit dem alten weißen Mann besprochen? Ich hätte es zu gerne gewusst. Und ich bin sicher, meine Gefährten waren ebenso wissbegierig.

Über unserem neuen Lagerplatz breitete sich eine bedrückende Stimmung aus. Im Gegensatz zu sonstigen Abenden floss kein Brandy in Strömen, kein lautes Wort wurde gesprochen. Dick, Will und ich konnten Old Shatterhand aber zu einem Imbiss überreden. Und nach anfänglicher Weigerung, Nahrung zu sich zu nehmen, verputzte er seine Bärentatzen, bis nichts mehr übrig war. Ja, Bärentatzen sind einfach köstlich. Besonders, wenn sie von Sam Hawkens zubereitet werden, wenn ich mich nicht irre.

Da wir unsere Absicht, die beiden Indsman abzufangen, nicht verwirklichen konnten, war es an der Zeit, uns ernsthaft Gedanken darüber zu machen, wie wir den Kopf aus der Schlinge ziehen konnten, die sich von Stunde zu Stunde enger zuzog. Aber wie so oft im Leben, kam uns der Zufall zur Hilfe.

Ich beschloss, natürlich nach Absprache mit Dick und Will, den Rothäuten zu folgen, um wenigstens festzustellen, was sie unternehmen würden, um vielleicht den Zeitpunkt des Angriffes genau abzuschätzen. Ich bat Bancroft um die Erlaubnis, Old Shatterhands Begleitung in Anspruch nehmen zu dürfen. Nach anfänglicher Weigerung stimmte er zu und wir verließen das Lager.

Die Spuren des „Leichenzuges" waren noch deutlich erkennbar und nichts sprach dafür, dass die Roten den Versuch gemacht hatten, ihre Fährte zu verbergen. In einem solchen Fall besteht immer die große Gefahr, in einen Hinterhalt zu geraten. Nach einer kleinen Diskussion mit Shatterhand war ich jedoch auch der Ansicht, dass eine Falle wohl nicht zu befürchten sei. Wir stellten fest, dass Intschu tschuna sich von seinem Sohn getrennt hatte, um ohne den Leichnam schneller an sein Ziel zu gelangen. Wir mussten also mit einem Angriff, so hatte ich es mir ausgerechnet, in etwa fünf Tagen rechnen. Wir schlugen den Rückweg ein, machten jedoch an einem fließenden Wasser eine Rast. Ich hatte in der letzten Nacht kaum ein Auge zugetan und gönnte mir ein kleines Nickerchen. Das Schnauben meiner „Mary" riss mich aus meinen Träumen. Ein Mensch näherte sich und das wachsame Maultier spürte dessen Anwesenheit. Es handelte sich, das konnte ich schnell feststellen, um Kiowas und darin lag unsere Rettung. Ich erkannte in dem Anführer der Kundschafter, die alle Kriegsbemalung trugen und sich somit sicher nicht in friedlicher Absicht herumtrieben, meinen "Freund" Bao. Auf unseren früheren Ausflügen, die auch in die Jagdgründe der Kiowas führten, hatte ich ihn kennengelernt und ebenso seinen Häuptling Tangua. Um es kurz zu machen: Ich stellte den Kiowas die Gefangennahmen von Intschu tschuna und Winnetou in Aussicht, wenn sie uns behilflich wären, den bevorstehenden Angriff der Apatschen abzuwehren. Old Shatterhand war über meine Absicht wenig erfreut, das bemerkte ich sofort. Wir ritten mit Bao zu unserem Lager, damit er seinen Häuptling und die Hauptschar seiner Krieger zu diesem führen konnte. Als er sich auf den Weg zu den Seinigen machte, sprach ich Shatterhand auf sein missmutiges Gesicht an, das er, seit ihm meine Absicht bekannt war, zur Schau trug. Das folgende Gespräch verlief jedoch in eine etwas andere Richtung und weicht etwas von dem von May Geschilderten ab.

Mir persönlich war das Schicksal der Apatschen genau genommen gleichgültig und meine Gefährten dachten ebenso. Es galt, unser Leben zu retten, und, um dies zu tun, war uns jedes Mittel recht. Was hatten wir mit Winnetou und seinem Vater zu schaffen? Natürlich konnte ich die Rachegelüste der

Indianer verstehen. Aber ich war nicht bereit, irgendwelche Zugeständnisse zu machen oder einen angreifenden Indsman zu schonen. Sollte es also zu einem massiven Angriff kommen, und davon mussten wir unweigerlich ausgehen, würden die Apatschen mit einer starken Gegenwehr rechnen müssen. Es galt Leben um Leben und derjenige, der im Visier meiner „Liddy" stehen würde, hatte sein Leben verwirkt. Es ist somit vollkommen falsch, wenn May mich in seinem Buch mit dem Satz zitiert:

„Winnetou gefällt mir so, dass ich, wenn er sich in einer Gefahr befände, sofort und gern mein Leben wagen würde, ihn aus derselben zu befreien!"

Es gab für mich keinen Grund, Winnetou so in mein Herz zu schließen, um sogar mein Leben für ihn opfern zu wollen. Meine Gefährten hätten sicherlich an meinem Verstand gezweifelt, hätte ich den Vorschlag gemacht, uns in eine unnötige Gefahr zu begeben, nur um zwei Indsman zu schonen.

Ich möchte hier nur klarstellen, dass wir Winnetou, wenigstens zu diesem Zeitpunkt, nicht so hoch schätzten. Es gab keinen Anlass dafür. Einen solchen Grund gab es auch für May nicht. Denn er hatte damals kaum Kontakt mit ihm und die Liebe zu seinem späteren Blutsbruder sollte sich erst noch entwickeln. Ich erwähne dies nur, um einmal festzustellen, wie May seit dem ersten Zusammentreffen mit dem Häuptlingssohn versucht, Winnetou zu verherrlichen, um ihm einen heldenhaften Platz im Herzen seiner Leser zu verschaffen.

Aber wir waren auf jede Hilfe angewiesen, selbst auf die von Tangua, dem Häuptling der Kiowas, der mir zwar persönlich bekannt war, den ich aber nicht unbedingt als meinen Freund bezeichnen mochte. Er war, gelinde gesagt, ein Schlitzohr, dem man vieles zutrauen konnte und musste.

Die Kiowas trafen früher als erwartet ein. Dies war dem Umstand zu verdanken, dass die Vermessungsarbeiten sehr zügig vorangingen und dass das Lager vorgeschoben wurde. Tangua schien, gleich zu Beginn seines Auftrittes klarstellen zu wollen, wer nun das Sagen hatte. Er kam nicht, wie es bei Verbündeten üblich sein sollte, offen auf uns zu, sondern hielt es für angebracht, uns mit seinen Kriegern zu umzingeln. Er selbst sah alles, was sich im Lager befand, wohl als sein Eigentum an und versuchte zuerst einmal, die Wagen in Augenschein zu nehmen. Mit einer kleinen List hielt ich ihn aber von einer genauen Untersuchung ab. Es gelang mir nach einigen Widersprüchen Tanguas, ihn dazu zu bringen, die Friedenspfeife mit mir, stellvertretend für unsere Gesellschaft, zu rauchen. So konnte ich sicherstellen, dass wir vorerst keinerlei Feindseligkeiten zu befürchten hatten.

Ich möchte an dieser Stelle nicht alle Einzelheiten unseres Planes wiederholen, denn diesen beschreibt May in seinem Buch ausführlich und korrekt. Das Kleeblatt spielte eine gewichtige Rolle, den Plan in die Tat umzusetzen.

Um es kurz zu machen: Wir spionierten die Apatschen aus und wussten somit, wann der Angriff erfolgen sollte. Wir ließen alle Feuer im Lager verlöschen und entfernten uns dann heimlich. Die Apatschen ließen, nachdem die letzte Flamme mangels Brennmaterial verglimmt war, noch einige Zeit vergehen, um sicher sein zu können, dass wir alle eingeschlafen waren.

Plötzlich zerriss ein schriller und durchdringender Schrei die Stille der Nacht.

Die Apatschen griffen an!

Ihr Erstaunen war groß, als sie feststellen mussten, dass sich keine Menschenseele mehr auf den Plätzen befand, die von den Apatschen angegriffen wurden. Intschu tschuna befahl seinen Kriegern, die Feuerstellen wieder zu entzünden. Winnetou schien als Erster die Situation zu erfassen und mit dem Ausruf „Tatischa, Tatischa" forderte er seine Stammesbrüder auf, sich zurückzuziehen. Aber diese Anweisung kam zu spät. Gegen zweihundert Kiowas waren die Apatschen machtlos.

Will, Dick und ich hatten uns vorgenommen, dem Greenhorn bei seinem ersten Kampf auf Leben und Tod eng zur Seite zu stehen. Zwar schätzte ich den Mut des jungen Mannes sehr hoch ein. Aber es ist doch ein Unterschied, ob man gegen einen Büffel oder einen Grizzly zu Felde zieht oder gegen einen Menschen, den man unter Umständen töten musste, um die eigene Haut zu retten.

Shatterhand, der Winnetou im hellen Schein des Feuers leicht ausmachen konnte, stürzte sich sofort auf den Apatschen und schlug ihn nieder, während meine Gefährten und ich uns des Häuptlings bemächtigten.

Es war ein kurzer Kampf, aber auch ein Blutiger, denn die Kiowas waren nicht so zart besaitet wie unser Greenhorn und nahmen keine Rücksicht auf das Leben der feindlichen Krieger. Kein Apatsche war entkommen. Viele waren gefallen und die restlichen Krieger wurden gefangen genommen.

Old Shatterhand bestand gegenüber Tangua darauf, dass die jeweiligen Gefangenen denen unterstellt wurden, die sie besiegt hatten. Somit „gehörten" Winnetou und Intschu tschuna Old Shatterhand und dem Kleeblatt. Unmissverständlich drohte Tangua mit den Worten: „Legt Ihr nur eine Hand an einen einzigen Apatschen, so werden Eure Leiber sein wie diese Stelle hier, in welcher mein Messer steckt. Ich habe gesprochen. Howgh!" Während er diese Worte sprach, hatte er sein Messer gezogen und bis ans Heft in die Erde gestoßen.

Die folgenden Ereignisse, die May in seinem Buch schildert, unterscheiden sich etwas von meinen Erinnerungen. Wir befanden uns, und damit meine ich unsere gesamte Gesellschaft, alle wohlauf. Die Arbeiten waren so gut wie abgeschlossen, unser Auftrag also praktisch erfüllt. Das Verhältnis zu dem Kiowas war mehr als gespannt. Und was hätte Tangua davon abhalten können, uns ebenso als Gefangene zu betrachten und so wie die Apatschen zu behandeln? Das Rauchen der Friedenspfeife mit diesem Herrn hatte keine Bedeutung mehr. In den Augen Tanguas waren wir wortbrüchig geworden und es bestand für ihn auch keinerlei Verpflichtung mehr, sich an unser Abkommen gebunden zu fühlen. Ich konnte die feindselige Haltung Tanguas durchaus verstehen. War ich es nicht, der den Kiowas versprochen hatte, Intschu tschuna und Winnetou fangen zu können, wenn sie uns gegen die Apatschen beistehen würden? Daher hatte Tangua auch in meinen Augen ein Recht auf Winnetou und seinen Vater, die sich nun in den Händen der Kiowas befanden und an Bäume gefesselt wurden.

Shatterhands Gedanken schienen sich nur noch mit einem Vorhaben zu beschäftigen: Wie konnten Winnetou und Intschu tschuna befreit werden?

Kapitel 8 – Tödlicher Irrtum

Unsere Lage war nicht so rosig, wie ich mir das eigentlich vorgestellt hatte. Natürlich war unser Verhältnis zu den Kiowas nicht als freundschaftlich zu bezeichnen. Aber bis zu diesem Zeitpunkt hatten wir noch verschiedene Möglichkeiten, uns aus der immer bedrohlicher werdenden Gefahr zu ziehen.

Mit der Unterstützung der so genannten Westmänner konnten wir nicht rechnen. Es lag also an uns und an dem Kleeblatt, eine Lösung zu finden.

Wir mussten beraten, war zu tun sei. Zu dieser Beratung baten wir auch Mr. Bancroft und Old Shatterhand. Wir trafen uns im Zelt des Oberingenieurs.

„Wir werden uns darüber einigen müssen, wie wir nun weiter verfahren wollen", begann ich unsere Unterredung.

„Ich denke, Mr. Hawkens, über unser weiteres Handeln gibt es keinen Zweifel", sagte Shatterhand forsch.

„Und welche Absichten schweben Euch vor?"

„Das liegt doch auf der Hand. Zuerst werden wir Intschu tschuna und seinen Sohn aus den Händen der Kiowas befreien und..."

„Wie kommt Ihr auf diesen Gedanken", unterbrach ich den jungen Deutschen.

„Weil ich der Ansicht bin, dass wir den beiden Roten dies schuldig sind."

„Das sehe ich nicht so und ich denke, meine Gefährten und auch Mr. Bancroft sind meiner Meinung. Wir sind den beiden Indsman absolut nichts schuldig. Ich bin Eurer Bitte nachgekommen, die beiden Rothäute beim Kampf, wenn es uns möglich ist, zu schonen. Mehr könnt Ihr nicht verlangen! Wir haben die Möglichkeit, die Arbeit sehr schnell zu beenden und uns dann freundlich von den Kiowas und ihrem unfreundlichen Häuptling zu verabschieden, wenn ich mich nicht irre."

„Und was soll aus Winnetou und seinem Vater werden?"

„Das ist nicht unsere Sache! Bedenkt, dass die Apatschen es waren, die uns nach dem Leben trachteten."

„Ja, nachdem wir einen der Ihrigen erschossen haben."

„Wir? Wir haben niemanden erschossen. Ich kann mich jedenfalls nicht erinnern, meine Liddy gegen einen Roten gerichtet zu haben, wenn ich mich nicht irre!"

„Aber es war jemand aus unserer Gemeinschaft und wir sind mitverantwortlich für sein Handeln."

„Wir sind nicht für die Handlungen eines Lumpen wie Rattler verantwortlich. Verantwortlich sind wir für die Sicherheit der Vermesser, des Oberingenieurs und der Westmänner, da diese anscheinend die Lösung unserer Angelegenheiten in die Hände des Kleeblattes gelegt haben."

„Und Ihr denkt, Mr. Hawkens, dass wir uns Eurer Entscheidung unterwerfen", trumpfte Shatterhand auf.

„Wenn ich dies denken würde, wären wir hier nicht zusammengekommen. Aber natürlich gehen meine Gefährten und ich davon aus, dass Ihr unseren Rat annehmt. Denn wir sind erfahrene Westmänner. Und diese Erfahrung gibt uns, glaube ich, das Recht, hier zu bestimmen, was geschehen soll. Aber natürlich sind wir nicht so überheblich, um nicht auf vernünftige Vorschläge einzugehen."

Bancroft, der seit dem Zwischenfall mit Rattler wie ausgewechselt schien, meldete sich zaghaft zu Wort.

„Mr. Hawkens, ich denke, ich kann als Vorgesetzter meiner Leute sagen, dass wir uns Euren Anordnungen fügen werden."

„Das freut mich, Mr. Bancroft. Wann glaubt Ihr mit der Arbeit fertig zu sein?"

„Wenn uns die Kiowas nicht behindern, in einigen Tagen."

„Gut. Die Zeit wird zwar knapp, denn ich denke, die Apatschen, die in ihrem Lager zurückgeblieben sind, werden die Krieger, die uns überfallen wollten, wohl erst in einigen Tagen vermissen. Sie gehen natürlich davon aus, dass der Überfall gelungen ist und der Häuptling sich auf dem Rückweg befindet, und dieser Weg natürlich mit den Gefangenen mehr Zeit in Anspruch nehmen würde als der vorherige. Wenn also das Stöckchen richtig den Fluss hinunter schwimmt, können wir in drei Tagen aufbrechen und uns absetzen, wenn ich mich nicht irre."

„Dann werdet Ihr ohne mich aufbrechen müssen, Mr. Hawkens", ließ Old Shatterhand verlauten.

„Darüber werden wir uns noch unterhalten, Mr. May."

„Ich glaube nicht, dass dies nötig ist, denn mein Entschluss steht felsenfest!" Mit diesen Worten verließ er das Zelt.

Meine beiden Gefährten waren mit meiner Vorgehensweise einverstanden, was sie mir knappen Worten auch mitteilten. Eine andere Lösung gab es eigentlich auch nicht. Es galt, vornehmlich unser Leben und die uns anvertrauten Personen, Rattler eingeschlossen, zu retten und so unversehrt wie möglich diese Situation zu überstehen. Ich löste die Versammlung auf, da alles besprochen worden war, was zu besprechen war. Natürlich machte ich mir Gedanken darüber, wie wir Old Shatterhand umstimmen konnten.

Mittlerweile war es Abend geworden. Dick, Will und ich bereiteten unser Nachtlager vor.

„Habt Ihr unser Greenhorn gesehen?"

„Nein, Sam" antwortete Will, „seit er das Zelt verlassen hat, haben wir ihn nicht mehr zu Gesicht bekommen, oder, Dick?"

„Stimmt, wir können nicht sagen, wo er sich aufhält."

„Nun, dann will ich hoffen, dass er sich zu keiner Dummheit hinreißen lässt, wenn ich mich nicht irre. Ich sehe noch nach den Pferden und meiner Mary und begebe mich dann auch zur Ruhe, denn es stehen uns anstrengende Tage bevor."

Ich überzeugte mich, dass unsere Tiere gut versorgt waren und stieß auf Old Shatterhand, der wohl auf den gleichen Gedanken gekommen war.

Natürlich bemerkte er mich, schien aber zu einem klärenden Gespräch nicht bereit zu sein. Denn er wendete sich ab, um sich weiter seinem Rotschimmel zu widmen.

„Ihr scheint etwas verstimmt zu sein, mein junger Freund."

„Da mögt Ihr Recht haben, Mr. Hawkens."

„Dürfte ich den Grund für die Verärgerung erfahren?"

„Winnetou!"

„Winnetou? Ich kann Euch nicht ganz verstehen."

„Ich werde ihn befreien."

„Einfach so?"

„Einfach so!"

„Dieses Vorhaben muss ich Euch leider untersagen!"

„Dieses Recht gestehe ich Euch nicht zu. Ich bin ein freier Mann und kann über meine Taten selbst bestimmen."

„Das mag sein, aber könnt Ihr diese auch verantworten?"

„Vor mir und meinem Gewissen - sicherlich."

„Aber nicht vor uns. Hört mir genau zu! Ich dachte, es wäre Euch bekannt, dass wir eine Gemeinschaft sind. Jeder ist auf jeden angewiesen. Wir sind im so genannten wilden Westen und nicht in einer Studierstube im Osten. Das Überleben ist von vielen Faktoren abhängig. Rücksicht auf die Meinung einzelner Personen können wir nicht nehmen. Es gilt, die besten Entscheidungen zu treffen, die unsere Sicherheit garantieren. Jedermann muss sich fügen, um das Wohl der gesamten Gesellschaft nicht unnötig zu gefährden. So ist es auch in diesem Fall und auch für Euch bindend."

„Ihr scheint mich nicht zu verstehen."

„Dann klärt Ihr mich einmal auf."

„Seht Ihr, Mr. Hawkens, ich habe Winnetou lieb gewonnen und…"

„Lieb gewonnen? Ich bitte Euch! Ihr habt mit diesem Indsman kaum ein Wort gewechselt und sprecht davon, ihn lieb gewonnen zu haben?"

„Ja."

„Das ist, mit Verlaub gesagt, vollkommener Unsinn. Da steckt sicher etwas anderes dahinter, wenn ich mich nicht irre."

„Wie kommt Ihr zu dieser Annahme?"

„Es mag sein, Mr. Shatterhand, dass Ihr den alten Sam Hawkens falsch einschätzt, auch wenn mir in der letzten Zeit einige Ungeschicklichkeiten unterlaufen sind und ich Euch wahrscheinlich mein Leben zu verdanken habe...“

„Darüber müssen wir nicht sprechen. Denn was ich getan habe, war für mich eine Selbstverständlichkeit. Ihr hättet an meiner Stelle genauso gehandelt.“

„Selbstverständlich hätte ich das getan. Und genau darüber reden wir. Wir müssen füreinander einstehen. Es geht um unser Leben.“

„Und was ist mit dem Leben Intschu tschunas und Winnetous?“

„Was soll damit sein?“

„Haben wir nicht die Pflicht, sie zu schonen?“

„Nein, die haben wir nicht. Die Indsman wollten Rache üben und sind dabei in die Hände der Kiowas geraten.“

„Ja, durch unsere Schuld, wobei Ihr eine Hauptlast tragt, Mr. Hawkens.“

„Es scheint Euch unbekannt zu sein. Aber die Apatschen stehen auf dem Standpunkt, dass jemand, der ein Unrecht nicht verhindert, die gleiche Schuld trägt, wie der, der dieses Unrecht begeht. Auch aus diesem Grund wäre selbst die Auslieferung Rattlers an die Rothäute vollkommen sinnlos gewesen. Ihr selbst habt doch nach dem verhängnisvollen Schuss angeboten, dass die Indsman Rattler mitnehmen könnten.“

„Ich möchte nicht undankbar erscheinen, Mr. Hawkens, denn ich schätze Euch sehr. Aber ich werde Winnetou und seinen Vater befreien oder es wenigstens versuchen.“

„Klekih Petra!"

„Was meint Ihr, Sir?"

„Klekih Petra! Was habt Ihr mit ihm in der Stunde, die uns als Bedenkzeit eingeräumt wurde, gesprochen?"

„Wir unterhielten uns über unsere Heimat und er erzählte von seinem Schicksal, das er dort erfahren hat."

„Mehr nicht?"

„Als er sterbend in Winnetous Armen lag, bat er mich, sein Werk bei den Apatschen fortzuführen und ich versprach es ihm."

„Wie konntet Ihr das tun?"

„Ich pflege, mein Ehrenwort zu halten, Mr. Hawkens!"

„Gut, dafür habe ich ein gewisses Verständnis."

„Ich wusste, dass Ihr mich versteht."

„Aber eines kann ich nicht begreifen."

„Ich bin Euch gerne behilflich."

„Das freut mich, wenn ich mich nicht irre. Aber ernsthaft. Wenn Winnetou die letzten Worte seines Lehrers vernommen hat, warum dann die Feindseligkeiten? Rattler lag betäubt am Boden. Die beiden Apatschen hätten den Mörder mitnehmen können, wogegen ich sicher nichts eingewendet hätte."

„Winnetou hat die Worte gehört, aber leider nicht verstanden."

„Wie belieben?"

„Klekih Petra sprach in deutscher Sprache zu mir und ich glaube nicht, dass Winnetou diese versteht."

„Winnetou weiß also nichts von Klekih Petras Wunsch?"

„Nein."

„In diesem Fall, mein junger Sir, bleibt alles so, wie wir es besprochen haben. Wir brechen unsere Zelte so bald wie möglich ab und suchen das Weite, solange wir noch in der Lage dazu sind."

„Dem kann ich leider nicht zustimmen und es gilt, was ich gesagt habe. Ich werde Winnetou und, wenn möglich, auch seinen Vater befreien."

„Das untersage ich Euch strengstens!"

„Wirklich?"

„Allerdings! Für wen haltet Ihr Euch denn? Was glaubt Ihr, sollte Euer Vorhaben wirklich gelingen, dann passieren würde? Glaubt Ihr, Tangua wäre begeistert? Nein, sicher nicht! Der Verdacht würde sofort auf uns, wohlgemerkt auf uns, nicht auf Euch alleine, fallen, da wir einen Streit mit ihm hatten, was die Gefangenen betrifft. Bedenkt, es sind zweihundert Krieger hier, denen es sehr leicht fallen würde, über uns zu kommen. Ich persönlich kann dem Skalpieren ja ruhig entgegensehen. Aber um den anderen Weißen wird mir bei dem Gedanken angst und bange, wenn ich mich nicht irre. Und nun nehmt noch eine Mütze voll Schlaf, Greenhorn."

Mit dieser nicht ganz ernst gemeinten Bemerkung verließ ich den jungen Deutschen, um mich wieder zu meinen Gefährten zu gesellen.

„Hast Du noch einen Spaziergang gemacht, alter Waschbär", begrüßte mich Dick, „oder hast Du den jungen Old Shatterhand gefunden?"

„Ja, er war bei den Pferden. Stellt Euch vor, er hat sich in den Kopf gesetzt, die beiden Apatschen zu befreien und ich traue ihm das auch ohne Weiteres zu."

„Wir sollten ihn vielleicht im Auge behalten."

„Das wäre sicherlich hilfreich. Aber ich denke, er wird heute Nacht nichts unternehmen."

„Wie kommst Du darauf, Sam?"

„Wir brechen ja morgen noch nicht auf und sicher wird er die Zeit nutzen und versuchen, uns umzustimmen. Doch still jetzt, er kommt."

Shatterhand schlenderte zu unserem Lager, wünschte uns eine gute Nacht und legte sich nieder.

Wir hatten anstrengende Stunden hinter uns und so war es kein Wunder, dass ich schnell in einen tiefen Schlaf fiel, aus dem ich, ebenso wie meine Gefährten, sehr unsanft geweckt wurde, denn plötzlich befand sich das Lager der Kiowas in heller Aufregung. Alles, was Beine hatte, lief zu den Bäumen, an denen Winnetou und sein Vater gefesselt sein sollten. Auch wir schlugen diese Richtung ein und erkannten, dass die beiden Apatschen nicht mehr an den Bäumen zu finden waren.

Sie waren ganz einfach geflohen!

Aber wer hat ihnen zur Flucht verholfen? Haben sie diese aus eigener Kraft bewerkstelligt oder wurde ihnen Hilfe zuteil? Wie zufällig schaute ich zu Shatterhand und glaubte, ein befriedigendes Lächeln auf seinen Lippen erkannt zu haben.

Tangua schäumt natürlich vor Wut. Er schlug dem Wächter mit der Faust ins Gesicht, riss ihm seinen Medizinbeutel vom Hals, um denselben mit seinen Füßen zu zertreten. Er war kaum in der Lage, seinen Zorn zu bändigen. Er befahl der Hälfte seiner Krieger, die Verfolgung der Apatschen aufzunehmen, was zu einem noch größeren Durcheinander führte, bis sich die Kiowas etwas geordnet hatten und ausschwärmen konnten. Plötzlich hielt Tangua inmitten seiner verdrießlichen Lage inne. Langsam drehte er seinen Kopf in unsere Richtung und warf uns einen hasserfüllten Blick zu. Natürlich erinnerte er sich daran, dass Shatterhand, auf den er sich nun mit großen Schritten zubewegte, Winnetou und Intschu tschuna für uns beanspruchte. Der Kiowa baute sich vor Old Shatterhand auf und tobte: „Du wolltest diese beiden Hunde für Dich! Lauf ihnen nach und fang sie wieder ein!" Shatterhand drehte sich nur um und ging.

Wir zogen uns zu unserem Lagerplatz zurück. Natürlich war die Flucht der beiden Rothäute Gegenstand für einige Diskussionen.

„Ich denke, die Roten hatten ein Messer versteckt und sich damit befreit", bemerkte der sonst eher schweigsame Dick Stone.

„Also, wenn ich mich nicht irre, und Ihr wisst, dass ich dies selten tue, aber das, lieber Dick, halte ich für ausgeschlossen."

„Wieso?"

„Nun, wie auch Dir nicht entgangen sein dürfte, waren beide Indsman an Bäume gefesselt und zwar so, dass ihre Hände hinter dem Stamm zusammen gebunden waren."

„Bei diesen Indsman ist alles möglich, Sam."

„Fast alles, aber nur dass, was möglich ist."

„Dann bliebe nur die Möglichkeit, dass die Apatschen befreit worden sind."

„Das könnte sein und ist sogar sehr wahrscheinlich. Was meint Ihr, Mr. Shatterhand?"

„Dazu kann ich nichts sagen, Mr. Hawkens. Wie Ihr wisst, bin ich erst seit kurzer Zeit im Westen und kenne die Schliche und Tricks der Indsman noch nicht."

„Dann kann ich davon ausgehen, dass Ihr mit der Befreiung der beiden Rothäute nichts zu schaffen habt?"

„Ihr stellt mir merkwürdige Fragen, Mr. Hawkens."

„Wieso merkwürdig?"

„Wie nennt man einen Neuling im wilden Westen?"

„Greenhorn!"

„Und wie betitelt Ihr mich je nach Eurer Lust und Laune?"

„Greenhorn."

„Traut Ihr mir also eine solche Tat zu?"

„Nein, natürlich nicht. Ihr habt Recht, es war eine dumme Vermutung von mir. Wer immer auch die Gefangenen befreit haben mag, er muss über hervorragende Fähigkeiten im anschleichen verfügen und die traue ich Euch, Greenhorn, noch nicht zu."

„Aber wer mag es sonst gewesen sein?", fragte Will Parker.

„Apatschen", warf Shatterhand ein.

„Apatschen?"

„Natürlich. Ist Euch nicht aufgefallen, dass die Roten bei dem Überfall keine Reittiere mitführten?"

„Die wären ihnen ja auch hinderlich gewesen."

„Eben. Und deshalb haben sie die Pferde auch an einem sicheren Ort zurückgelassen."

„Das leuchtet mir ein", mischte sich Dick wieder ein.

„Glaubt Ihr, der Häuptling hat die Tiere unbeaufsichtigt gelassen?"

„Natürlich! Jetzt verstehe ich, was Ihr meint" rief Will, „einer oder mehrere der Wächter befreiten Intschu tschuna und Winnetou."

„Das ist möglich, sehr gut möglich sogar, wenn ich mich nicht irre", antwortete Shatterhand.

„Hey, Shatterhand, hier gibt es nur eine Person, die sich nicht irrt, und die bin ich, wenn ich mich nicht irre!"

Die restliche Nacht verlief ohne weitere Störungen. Aber als der Morgen graute und ein neuer Tag anbrach, waren unsere Sorgen noch die alten. Winnetou und sein Vater hatten sich mit den Pferden der Wächter auf den Weg zu ihrem Lager gemacht. So nahmen wir es jedenfalls an. Da die Arbeiten noch nicht ganz beendet waren, konnten wir die Gegend noch nicht verlassen, obwohl der Boden unter unseren Füßen von Stunde zu Stunde heißer wurde.

Rückblickend muss ich sagen, dass unsere Loyalität der Eisenbahngesellschaft und deren Angestellten gegenüber nun wirklich einer starken Zerreißprobe standhalten musste.

Natürlich war es zu erwarten, dass Tangua sich nicht der Rache der Apatschen aussetzen mochte und untätig auf den zu erwartenden Angriff warten wollte. Auch für ihn galt es, diese Gegend so schnell wie möglich zu verlassen. Dies würde bedeuten, dass Tangua die gefangenen Apatschen in sein Lager verschleppen würde. Aber das sollte nicht geschehen. Denn ich beobachtete, dass die Kiowas etwas mit den Gefangenen bezweckten.

Ich kann heute nicht mehr genauer sagen, was mich dazu bewog, diesen Umstand Old Shatterhand mitzuteilen. Hatte ich unbewusst die Absicht, mich aus der Verantwortung zu stehlen, um Shatterhand diese zu übertragen? Mir hätte es wichtiger als das Schicksal der gefangenen Apatschen sein müssen, dass die Arbeiten endlich zum Abschluss kommen sollten. Old Shatterhand trieb, ebenso wie Bancroft, die Leute an. Das Ende der Vermessungen war zum Greifen nah.

Aber das Schicksal hielt einen anderen Weg für uns bereit.

Uns war es aufgefallen, dass die Kiowas eine rege Tätigkeit entwickelten. Sie schienen Vorbereitungen zu treffen, die gefangenen Apatschen an Ort und Stelle zu martern. Als ich Old Shatterhand darüber unterrichtete, war er außer sich und wollte das Vorhaben der Kiowas mit allen Mitteln verhindern. Er verließ die Vermessungsstrecke und kehrte mit mir zum Lager zurück. Shatterhands damalige, ich möchte beinahe sagen, kindliche Naivität führte dazu, dass er Tangua zu sich rufen ließ, da er anscheinend der Ansicht war, dem Häuptling sein Vorhaben ausreden zu können. Wir bemerkten, dass Tangua anscheinend Old Shatterhands Aufforderung nachkommen würde, denn es lösten sich vier Gestalten aus den Reihen der Kiowas. Der Häuptling schlug in Begleitung dreier Krieger unsere Richtung ein und wir schritten ihm langsam entgegen.

Als Tangua uns erreichte, fuhr er Shatterhand barsch an: „Das Bleichgesicht, welches Old Shatterhand genannt wird, hat mich rufen lassen. Hast Du vergessen, dass ich der Häuptling der Kiowas bin?"

„Nein, ich weiß, dass Du es bist", antwortete Old Shatterhand.

Im Verlauf der weiteren Unterredung erhitzten sich die Gemüter von Old Shatterhand und Tangua. Der junge Deutsche wollte der bevorstehenden Marterung auf keinen Fall tatenlos zusehen. Wie erwartet, verlachte der Häuptling seine Forderung, nannte Shatterhand einen Hund und spukte vor ihm aus.

Blitzschnell schlug Shatterhand dem Kiowa seine Faust an die Schläfer, worauf dieser niederstürzte. Ein zweiter Hieb betäubte ihn endgültig.

Meinen Gefährten und mir blieb in dieser Situation keine Wahl. Die Begleiter des Häuptlings wollten diesem zu Hilfe kommen, was wir natürlich verhindern mussten. Ich fiel über den mir am nächsten stehenden Roten her und zwang ihn nieder, während Dick und Will sich um den zweiten Indsman „kümmerten". Der dritte Kiowa, der seinen Häuptling begleitet hatte, rannte laut schreiend davon und machte die restlichen Krieger auf das Geschehen aufmerksam.

Der oberste Krieger der Kiowas war in unserer Gewalt. Er war unsere Geisel. Wir waren den Roten gegenüber im Vorteil und konnten Bedingungen stellen, wenn die Indianer nicht riskieren wollten, ihren Häuptling zu verlieren. Dem Kleeblatt blieb nichts anderes übrig, als gute Miene zum bösen Spiel zu machen. Die Vorgehensweise Shatterhands, die er ohne Absprache mit seinen Kameraden durchführte, war eigentlich nicht zu billigen.

Ich kann diese Behauptung aufstellen, denn ein solches Verhalten war von ihm auch in der Folgezeit immer wieder zu beobachten.

Aber davon später.

Old Shatterhand war der Ansicht, Tangua nun das Versprechen entlocken zu können, den gefangenen Apatschen die Marter zu ersparen. Aber der Kiowa war kein Dummkopf. Die Drohungen, dass es ihn sein Leben kosten könnte, sollte er auf die Forderungen nicht eingehen, verlachte er. Im gleichen Augenblick, in dem wir ihn töten würden, wäre unser Schicksal ebenso besiegelt. Zweihundert Krieger würden in diesem Fall sofort über uns herfallen.

Wie gewitzt Tangua war, sollte sich auch umgehend herausstellen. Er schlug Old Shatterhand vor, um das Schicksal der Apatschen zu kämpfen - und zwar mit einem seiner Krieger. Die Bewaffnung der Gegner sollte nur aus einem Messer bestehen.

Ich möchte es kurz machen. Denn ich gehe davon aus, dass Sie, lieber Leser, die Geschichte in Karl Mays Buch gelesen haben und somit von dem Ergebnis dieses Zweikampfes unterrichtet sind.

Shatterhand, dem ich angeraten hatte, keine Rücksicht auf seinen Gegner zu nehmen und ihn zu töten, gewann diesen Kampf gegen einen hünenhaften Krieger, den man Metan-akva nannte.

Es war der Kampf David gegen Goliath und ich bin heute noch erstaunt, wie schnell und geschickt Shatterhand diesen Kampf zu seinem Vorteil entscheiden konnte.

Mit seinem Sieg hatte Shatterhand das Leben der Apatschen gerettet, wenn Tangua sich an die Abmachung gehalten hätte. Aber der listige Indsman fand, auch um sein Gesicht bei seinen Kriegern nicht zu verlieren, ein „Hintertürchen". Zwar sah er davon ab, die Apatschen zu martern, gedachte aber, diesen Wasser und Speisen zu entziehen. Und da auch kein

Zeitpunkt vereinbart wurde, an dem die Gefangenen in die Freiheit entlassen werden sollten, stand Intschu tschunas Kriegern praktisch der Tod des Verdurstens bevor.

Ein qualvoller Tod, den wir wohl nicht verhindern konnten.

Kapitel 9 – Gefangen

Um die folgenden Ereignisse zu verstehen, möchte ich noch einige Anmerkungen einfügen. Überfliegt man die bisherigen Erlebnisse, so wie ich sie bisher geschildert habe, wird der geneigte Leser feststellen, dass sich einige Ungereimtheiten zwischen der Reiseerzählung Karl Mays und meinen Erinnerungen ergeben haben.

Die Gründe dafür liegen auf der Hand.

Aber es ist hier nicht meine Absicht, Old Shatterhand der Lüge zu bezichtigen, wenn ich mich nicht irre. Aber einiges muss einfach richtig gestellt werden. Die bisherigen Begebenheiten werfen auch einen dunklen Schatten auf das Kleeblatt.

Kaum jemand wird verstehen, was sich nun ereignete. Mir und auch meinen Gefährten kann niemand mangelnde Voraussicht unterstellen. Aber rückblickend entsteht der Eindruck, dass wir uns als erfahrene Westmänner in eine Situation gebracht haben, die wir hätten vermeiden können. Um uns aus der Gefahr zu begeben, hatte ich genügend Vorschläge gemacht, die aber alle in den Wind geschlagen worden waren: So waren mir die Hände gebunden.

Vollkommen unsinnig war der Zweikampf Old Shatterhands mit Blitzmesser. Dies mag gegenüber den gefangenen Apatschen hart klingen, denn ohne diesen Kampf, so nahmen wir zu diesem Zeitpunkt irrtümlicherweise an, waren sie dem sicheren Tode geweiht. Dass der Angriff, dies nehme ich einmal vorweg, der Apatschen unmittelbar bevor stand, konnten wir zu diesem Zeitpunkt nicht voraussehen. Wir, und ich schließe mich ein, hatten uns in diesem

Punkt geirrt, was selten bei mir vorkommt, wenn ich mich nicht irre!

Wir hatten wertvolle Zeit verloren, indem wir uns mit Problemen befassten, deren Lösung uns nicht persönlich betraf.

Dem Angriff der Apatschen konnten wir und die Kiowas nichts entgegensetzen. Da die Krieger Intschu tschunas ihren Hauptangriff auf das Lager Tanguas konzentrierten, hatten wir die Möglichkeit, einige in der Nähe befindliche Büsche als Deckung zu benutzen. Natürlich war es anzunehmen, dass auch unsere Seite des Lagers schon umzingelt war. Und diese Annahme war auch richtig. Die Aufforderung Old Shatterhands „Tötet keinen Apatschen!" war lächerlich. Ich hatte nicht die Absicht, mich kampflos und ohne Gegenwehr meinem Schicksal zu ergeben. Unsinnig war auch der Zuruf Shatterhands an die heranstürmenden Apatschen, dass wir ihre Freunde seien. Was glaubte denn dieser Mensch? War er wirklich der Annahme, dass die Krieger aus diesem Grund ihren Angriff abbrechen würden?

Natürlich wurden wir überwältigt und gerieten in die Gefangenschaft der Apatschen. Old Shatterhand, der Intschu tschuna niedergeschlagen hatte und auch im Zweikampf gegen Winnetou siegreich war, konnte nicht es verhindern, dass es dem Häuptlingssohn zuvor gelang, dem Deutschen mit dem Messer eine sehr gefährliche Verletzung zuzufügen. Er stach ihm oberhalb des Halses innerhalb der Kinnlade in den Mund und durch die Zunge.

Die Apatschen hatten ganze Arbeit geleistet. Zwar hatten sie elf Tote zu beklagen. Aber die Verluste der Kiowas beliefen sich auf dreißig Männer. Zu betrauern waren auch Mr. Bancroft, die Vermesser und die Westmänner - mit Ausnahme von Rattler.

Nach unserer Niederlage wurden wir gebunden. Winnetou trat, nachdem er sich von dem Kampf erholt hatte, zu mir heran.

„Du bist das Bleichgesicht, dass Sam Hawkens genannt wird?"

„So ist es."

„Man nennt Dich und Deine Gefährten das Kleeblatt?"

„Auch das ist richtig."

„Winnetou hat von Euch gehört."

„Ich hoffe nur Gutes, wenn ich mich nicht irre… hi, hi, hi."

„Sam Hawkens ist nicht in der Lage, Heiterkeit zu verbreiten. Ihr befindet Euch in der Gewalt der Apatschen und habt keine Gnade zu erwarten."

„Mit Gnade rechnen wir auch nicht. Aber zum gegebenen Zeitpunkt wird Winnetou seine Meinung über uns ändern, wenn ich mich…"

„Schweigt! Aus welchem Grund sollte Winnetou seine Ansicht ändern?"

„Das wird Euch das junge Greenhorn erzählen."

„Wie das Bleichgesicht sieht, ist Old Shatterhand schwer verwundet. Das ist auch der Grund, warum Winnetou sich dazu herablässt, mit Euch zu sprechen. Ich hoffe, Sam Hawkens wird meine Sanftmut nicht als Schwäche betrachten. Wie Ihr seht, sind alle Gefangenen an Händen und Füßen gefesselt."

„Ja, das sehe ich."

„Mit Sam Hawkens werde ich eine Ausnahme machen und ihm keine Fesseln anlegen lassen."

„Aus welchem Grund?"

„Ihr sollt Euch, wenn der große Geist es so bestimmt und in Old Shatterhands Körper das Leben wieder einziehen sollte, um den Verletzten kümmern, soweit es Euch möglich ist."

„Was liegt Winnetou an dem Länderdieb? So wurde er - und auch wir - doch von Euch bezeichnet?"

„Hör zu, elendes Bleichgesicht", sagte er in barschem Ton, „Winnetou ist Dir keine Rechenschaft schuldig. Ich gebe Dir den Befehl, für Old Shatterhand zu sorgen und ich rate Dir, Dich nicht zu widersetzen."

„Ich werde mich dem Verletzten widmen. Winnetou kann sich auf mich verlassen."

Winnetou ging wieder zu seinen Kriegern. Jedoch nicht ohne den uns zugeteilten Wachen einzuschärfen, ihre Pflicht zu tun. Natürlich spielte ich mit dem Gedanken zu fliehen, aber diese Überlegung verwarf ich sofort wieder. Welchen Vorteil hätte ich dadurch? Meine Gefährten konnte ich nicht im Stich lassen und ihre Befreiung alleine, wenn auch ich in Freiheit war, war mir sicher nicht möglich. Verbündete zu finden war unmöglich, da sich die nächste Siedlung oder das nächste Fort in beachtlicher Entfernung befand.

Die Apatschen bereiteten den Aufbruch vor. Es war anzunehmen, dass sie uns in ihr Lager bringen würden. Und was uns dort erwartete, war mir und auch meinen Gefährten klar. Dick und Will lagen gefesselt neben Shatterhand und mir. Die Wächter hatten wohl nicht die Anweisung erhalten, Gespräche zwischen uns zu unterbinden. Ob sie uns allerdings verstehen konnten, entzog sich meiner Kenntnis. Natürlich hatte ich mich schon vor dem Gespräch mit Winnetou davon überzeugt, dass Dick und Will wohlauf waren. Sie hatten bis auf einige schmerzhafte Stöße nichts zu beklagen.

„Da sind wir ja in einer schönen Patsche, altes Coon", ließ Will sich hören, „verschnürt wie ein Postpaket ins Ausland, harren wir der Dinge, die da kommen werden."

„Yes", sagte Dick und hielt es wohl für angebracht, keine langen Reden zu halten.

„Wie ich eben hörte, und nun auch sehen kann, bist Du nicht gebunden worden."

„Das ist richtig. Winnetou befahl mir, mich um Shatterhand zu kümmern. Und dies wäre mit gefesselten Gliedmaßen fast unmöglich."

„Aber Du denkst nicht über eine Flucht nach?"

„Nein. Selbst wenn es mir gelingen würde, auch Euch zu befreien, so könnten wir Shatterhand nicht in der Gewalt dieser Indsman lassen. Und an Flucht in seinem Zustand ist nicht zu denken."

„Wird er überleben?"

„Ich denke, dass die Chancen sehr schlecht stehen, wenn ich mich nicht irre. Ich muss deshalb noch einmal mit Winnetou sprechen."

Ich versuchte, mich mit den wenigen Worten, die mir aus der Sprache der Apatschen bekannt waren, bemerkbar zu machen. Einem Wächter konnte ich vermitteln, dass ich Winnetou zu sprechen wünsche, worauf sich der Krieger auf den Weg zu Intschu tschunas Sohn machte. Es dauerte eine ganze Weile, bis Winnetou erschien.

„Was will das Bleichgesicht von Winnetou?"

„Wie ich sehe, rüsten Deine Krieger zum Aufbruch."

„So ist es."

„Und wohin soll die Reise gehen? Wohl zum Pueblo der Apatschen?"

„Winnetou ist es bekannt, dass viele Bleichgesichter neugierig wie die Squaws sind. Aber Winnetou will Deine Neugier befriedigen. Ja, es geht zum Pueblo der Mescalero Apatschen."

„Den Transport wird Old Shatterhand nicht überleben."

„Das ist unwichtig."

„Ihr nehmt also den Tod eines Menschen in Kauf, ohne..."

„Hüte Deine Zunge! Waren es nicht die Apatschen, die nichts weiter von dem weißen Mann forderten als ihr Recht? Sind wir Euch nicht friedlich begegnet? Ohne Hass und Zorn, so wie es uns Klekih Petra gelehrt hat, haben wir Euch aufgesucht. Und wie teuer mussten wir unsere Sanftmut bezahlen? Nein, Sam Hawkens, sprecht nicht vom Tod eines Menschen, der angeblich unser Freund ist. Wenn der große Geist das Leben Old Shatterhands verschonen will, wird es so geschehen. Sam Hawkens hat von mir den Befehl erhalten, sich um Old Shatterhand zu kümmern. Wenn es möglich ist, soll er wieder zu den Lebenden zurückkehren. Sollte er also lebend das Pueblo erreichen, so wird es dort für ihn und auch für Euch gesorgt werden."

„Das ist sehr freundlich von Winnetou. Und wenn wir wieder bei Kräften sind, werden wir am Marterpfahl sterben müssen."

„Das wird der Rat der Alten entscheiden."

„Und dessen Urteil steht wohl in diesem Augenblick schon fest."

Auf diesen Vorwurf ging der Apatsche nicht ein.

„Wir werden für Old Shatterhand eine Trage bauen. Auf dieser wird er den Weg zum Pueblo antreten. Sam Hawkens wird ungebunden auf seinem Pferd an der Seite der Trage reiten. Er mag aber nicht den Versuch einer Flucht wagen. Es wäre zwecklos und die Krieger der Apatschen würden keine Milde walten lassen."

„Ich werde nicht fliehen. Winnetou hat mein Wort!"

„Dein Wort? Was ist das Wort eines Bleichgesichtes schon wert? In der Zeit, welche Ihr eine Stunde nennt, brechen wir auf."

Nach Ablauf der von Winnetou genannten Zeit wurde das Pferd gebracht, an dem die Trage befestigt war. Zwischenzeitlich kam Shatterhand immer wieder einmal kurz zu Bewusstsein, konnte aber nur bruchstückhaft sprechen.

Der junge Deutsche wurde auf die Trage gelegt und mir wurde es befohlen, mich immer an der Seite der Bahre zu halten. Es gab nur ein kleines Problem. Und es dauerte lange, bis die Krieger verstanden hatten, dass ich beabsichtigte, meine Mary zu reiten, wogegen Winnetou anscheinend keinerlei Einwände hatte.

Über den eigentlichen Ritt ist wenig zu berichten. Old Shatterhand war ohne Bewusstsein. Seinen Zustand konnte ich, soweit mir das möglich war, nur als sehr bedenklich beschreiben. Ich wundere mich auch heute noch darüber, dass der junge Mensch überhaupt die Strapazen unserer unfreiwilligen Reise zum Pueblo der Apatschen überstanden hat.

Als wir die Behausungen der Indsman erreicht hatten, wurde uns ein Raum zugewiesen, in dem wir, also Dick, Will und auch ich, uns intensiver um May kümmern konnten, was uns während unseres Rittes nicht möglich war.

An dieser Stelle möchte ich noch Folgendes erwähnen. Natürlich hatten wir als erfahrene Westmänner auch Erfahrungen mit dem Versorgen von Verletzungen. Wir waren in der Lage, Brüche zu schienen oder Schusswunden zu behandeln, wenn, ja, wenn es keine Komplikationen gab. Eine Fleischwunde zu verbinden, trauten wir uns schon zu. Auch ein glatter Durchschuss, wenn er nicht genau durchs Herz ging, war für uns kein Problem, wenn ich mich nicht irre...
Aber die Verletzungen, die Old Shatterhand davongetragen hatte, stellte für uns ein Problem dar. Erstaunlich war aber das Verhalten der Apatschen. Das Kleeblatt entbehrte weder Speise noch Trank. Auch für Old Shatterhand wurde alles getan. Wir erhielten Kräuter, deren Anwendung Dick Stone bekannt war, auch wenn er nicht über die Kenntnisse eines indianischen Medizinmannes verfügte. Aber zu meiner Zufriedenheit und - ich hoffe auch zu der Old Shatterhands - hatte er Erfolg.

Drei Wochen waren vergangen, bis Old Shatterhand, wie man so treffend sagt, über dem Berg war. Natürlich waren wir froh, dass er sich langsam auf dem Weg der Besserung befand. Aber so begeistert und mit den Worten, wie May sie mir in seinem Buch in den Mund gelegt hat, reagierte ich nicht. Wir hatten keineswegs vergessen, dass wir uns nicht in Freiheit befanden, sondern in der Gefangenschaft der Indianer.

Natürlich musste Intschu tschuna über den Zustand Old Shatterhands unterrichtet werden. Dies tat ich auch, nachdem der Verletzte zu Bewusstsein gekommen war. Vor unserem Raum standen bei Tag und Nacht zwei Wachposten. Einem der beiden Wächter gab ich den Auftrag, den Häuptling zu bitten, zu uns zu kommen.

Es verging eine geraume Weile, bis die Decke, die als Tür diente, beiseitegeschoben wurde. Zu meiner Überraschung betrat Winnetou den Raum, der mir anfänglich wohl nicht so recht glauben wollte, dass Old Shatterhand wieder erwacht war. Für ihn war es auch nicht von besonderer Bedeutung. Denn wie er uns mitteilte, waren wir alle dazu bestimmt, am Marterpfahl unser Leben zu lassen.

Soweit es mir meine Lage erlaubte, redete ich auf Winnetou ein und erzählte ihm, dass wir - insbesondere Old Shatterhand - seine Freunde seien. Der Sohn des Häuptlings reagierte allerdings sehr zornig. Am Ende dieses Streites hatte sich unsere Situation nicht verbessert, sondern das Gegenteil war der Fall.

Winnetou trennte uns von dem jungen Mann und lies Dick Stone, Will Parker und auch mich, den alten Sam Hawkens, in einen anderen Raum schaffen - und dies mit der Bemerkung, dass wir Old Shatterhand erst am Tag unseres Todes wiedersehen würden.

Es war zu erwarten, dass die Apatschen uns nicht ungeschoren davon kommen ließen. Aber ich hatte geglaubt, Winnetou erklären zu können, dass es das

Bestreben Old Shatterhands war, ein Freund der Apatschen zu werden, und dass sein Verhalten, auch wenn es sich schwer vermitteln ließ, zum Wohle Winnetous dienen sollte.

Wir waren also - denn anders kann man es nicht bezeichnen - zum Tode verurteilt: Eine Aussicht, die uns nicht besonders erheiterte.

Unsere neue Behausung, in der wir auf unseren Todestag warten sollten, war geräumig und bot uns ausreichend Platz. Aber wir waren es nicht gewohnt, über einen sehr langen Zeitraum auf Nächte unter freiem Himmel zu verzichten. Und wir mussten sehr lange auf die vollständige Genesung Old Shatterhands warten.

In dieser Situation konnten meine Gefährten und ich wieder einmal feststellen, welche Belastungen das Kleeblatt meistern konnte. Zwar waren wir in der offenen Prärie ständig zusammen, aber selten in einem engen Raum, praktisch über Wochen eingesperrt. Es gab in der ganzen Zeit keine Streitereien oder andere Unannehmlichkeiten. Wir wurden mit allem Lebensnotwendigen versorgt, litten also in keiner Weise Not. Aber was uns zu schaffen machte, war die Langeweile, welche wir über die vielen langen Tage verspürten. Ging die Sonne am Morgen auf, hatten wir bis zu deren Untergang nichts zu tun. Die einzigen Höhepunkte der Tage bestanden aus den Mahlzeiten. Deshalb nahmen wir diese auch sehr langsam und mit Genuss zu uns. Die restliche Zeit verbrachten wir damit, Geschichten zu erzählen, die wir gemeinsam oder auch getrennt erlebt hatten.

Aber auch diese Erzählungen waren eines Tages erschöpft. Wenigstens konnten wir uns dem

Tabakgenuss widmen. Denn die Apatschen versorgten uns auch mit diesem Genussmittel, obwohl er nach indianischer Mischung hergestellt wurde, was unsere Geschmacksnerven auf eine harte Probe stellte.

Natürlich beschäftigten wir uns auch mit dem uns bevorstehenden Martertod.

„Nun sitzen wir schon einige Wochen hier fest, Sam", begann Will eines Tages eine Unterhaltung.

„Ja, Sam", mischte sich auch Dick ein, „ich denke, es ist wirklich an der Zeit, etwas zu unternehmen."

„Du denkst an Flucht?"

„Ja, Sam, daran denke ich", sagte Will.

„Zwecklos", antwortete ich.

„Warum zwecklos?"

„Weil ich keine Möglichkeit sehe, eine Flucht erfolgreich durchzuführen."

„Wir haben uns schon aus gefährlicheren Lagen befreien können."

„Nicht in einer so ausweglosen. Aber selbst wenn wir entkommen könnten: Wir müssten Old Shatterhand zurücklassen, was mir wirklich nicht gefallen würde."

„Mir würde es wenig ausmachen, wenn ich ehrlich bin."

„Aber Will Parker, altes Coon, was sind denn das für Töne?"

„Du wirst zugeben müssen, dass wir die Gefangenschaft auch dem Greenhorn zu verdanken haben. Seine übertriebene Fürsorge gegenüber dem Häuptling und dessen Sohn war sicherlich ein Fehler."

„Nun, Will, ich bin da ganz Deiner Meinung. Aber wir können Shatterhand nicht zurücklassen. Das wäre gegen alles, für das wir, das Kleeblatt, stehen. Und durch eine solche gewissenlose Tat wäre unser Ruf ruiniert und wir könnten uns unter ehrenwerten Westmännern nicht mehr sehen lassen."

„Du hast Recht, Sam. Ich schäme mich dafür, überhaupt eine solche Überlegung angestellt zu haben."

„Lass es gut sein, lieber Dick, lass es gut sein. Ich habe über die Möglichkeit, mit Euch zu fliehen, ja ebenfalls nachgedacht. Und Dick sicher auch, wenn ich mich nicht irre."

„Du irrst Dich nicht, Sam", pflichtete mir Dick bei, „ich sagte ja schon, dass es Zeit wird, etwas zu unternehmen. Aber nun stimme ich Dir zu: Wir können Shatterhand nicht zurücklassen."

„Wisst Ihr auch, dass Tangua sich mit seinen Kriegern noch immer im Lager der Apatschen befindet?"

„Als Gefangener?"

„Nein, ich sah den Schurken, wie er frei herumlief. Ich konnte es durch den Spalt der Decke, die den Eingang unseres Quartiers verschließt, sehen. Und dass der Anführer der Kiowas fröhlich herumspaziert, macht mich schon stutzig."

„Wieso?"

„Wieso? Nun, im Gegensatz zu uns, wenn ich mich nicht irre, waren es Tanguas Krieger, die einige Apatschen getötet haben. An unseren Händen klebt kein Blut."

„Vielleicht doch, Sam."

„Also meine Liddy und ich haben keinen Apatschen auf dem Gewissen, da bin ich mir sicher. Habt Ihr vielleicht...?"

„Nein, haben wir nicht, oder Dick?"

„Nein, Will, ich bin mir auch keiner Schuld bewusst."

„Vielleicht erfahren wir ja noch, wie Tangua es geschafft hat, der Rache der Apatschen zu entgehen."

„Er wird ihnen erzählt haben, dass wir es waren, die ihm den Überfall auf die Apatschen überhaupt erst ermöglicht haben. Auf einem silbernen Tablett wurden Intschu tschuna und Winnetou dem Kiowa serviert. Und wenn wir es aus dieser Sicht betrachten, sind wir an der ganzen Situation auch nicht ganz schuldlos, oder Sam?" bemerkte Will.

„Ob schuldlos oder nicht: Wir sitzen in der Tinte."

„Das kann man wohl sagen, Sam", warf der ansonsten schweigsame Dick Stone ein.

„Warten wir es einfach ab. So, und nun, Dick und Will, lasst uns ein Pfeifchen rauchen, so wie wir es seit Wochen tun, wenn ich mich nicht irre...!"

Wir hatten keinerlei Kontakt zu Old Shatterhand. Uns war somit auch nicht bekannt, wie es um seine Gesundheit stand oder ob er überhaupt noch lebte.

Es vergingen noch einige Wochen, als eines Morgens Winnetou unser Gefängnis betrat. Wir hatten den Gedanken verdrängt, dass sein Erscheinen bedeutete, dem Tag nahe zu sein, an dem wir sterben sollten. Wir erhoben uns von unseren Schlafstätten und erwarteten ungeduldig, was uns der Apatsche zu sagen hatte.

„Die Männer, die das Kleeblatt genannt werden, mögen Winnetous Worte hören. Viele Monde sind vergangen und die gefangenen Bleichgesichter haben neue Kraft schöpfen können. Auch die Genesung Old Shatterhands ist fast vollendet.

Morgen werde ich ihn in seiner Unterkunft aufsuchen und auch Ihr werdet ihn wiedersehen."

„Winnetou sagte, dass wir Shatterhand erst am Tag unseres Todes wiedersehen würden."

„Das Bleichgesicht spricht die Wahrheit. Das hat Winnetou gesagt. Und so wird es auch geschehen."

„Somit ist der morgige Tag der Tag unseres Todes?"

„Ja."

„Hat Winnetou meinen Worten keinen Glauben geschenkt und eingesehen, dass wir seine Freunde sind?"

„Schweig, Du weiße Schlange. Auch Old Shatterhand hat mir diese Lügen erzählt. Aber Winnetou durchschaut Euch. Ihr sprecht die Unwahrheit, um Euer Leben zu retten. Aber die Apatschen lassen keine Ausreden gelten."

„Und wie ist es möglich, dass Tangua sich frei bewegen kann? Er und seine Krieger waren es, die Apatschen getötet haben und nicht wir."

„Ja, Ihr habt Tangua dazu verleitet, sich gegen die Apatschen zu wenden. Aber auch Tangua konntet Ihr nicht täuschen. Als Ihr ihm befehlen wolltet, alle gefangenen Apatschen zu töten, durchschaute er Euch und weigerte sich."

Eigentlich wollte ich die Beherrschung nicht verlieren, aber solche unverschämten Lügen konnte ich nicht ohne Erwiderung lassen.

„Noch nie habe ich solche Lügen gehört, wie die von dem Halunken Tangua!"

„Hüte Deine Zunge! Morgen werdet Ihr am Marterpfahl Eure gerechte Strafe erleiden. Howgh!!

Winnetou wendete sich ab und verließ den Raum.

Was blieb uns nun noch übrig?

Gab es noch einen Ausweg? Oder würde das Kleeblatt nun für alle Zeit entschwinden und nur noch an den Lagerfeuern durch seine Abenteuer weiterleben?

Kapitel 10 - Gottesurteil

Gewöhnliche Menschen sind wohl selten in der Lage, ihren Todestag zu ahnen oder sogar genau zu wissen, wann die Zeit gekommen ist, dieser Welt den Rücken zu kehren. Auch wir hatten sicher damit gerechnet, noch einige Jahre in den „dark and bloody grounds" herum schweifen zu können und - wenn die Zeit gekommen ist - friedlich einzuschlummern. Aber von dieser friedlichen Vorstellung konnten wir uns wohl verabschieden. Denn die Apatschen hatten andere Absichten mit uns, wenn ich mich nicht irre.

Hatten wir die letzten Tage und Wochen noch in einer gewissen Sorglosigkeit vor uns hin gelebt, so schlug die Stimmung verständlicherweise nun in das Gegenteil um. Aber es gab keinen Ausweg. Auch eine Flucht ohne Old Shatterhand, denn das Hemd ist ja jedem näher als die Hose, war nicht durchführbar. Winnetou hatte auch, nachdem er uns die „frohe" Botschaft unser Ableben betreffend mitgeteilt hatte, vorsorglich auch die Wachen verdoppeln lassen. Und vor dem Pueblo brannte die ganze Nacht das große Feuer, das den gesamten Platz in hellem Licht erscheinen ließ.

An Schlaf war natürlich nicht zu denken. Also beschlossen wir - wahrscheinlich die letzten Stunden unseres Lebens - gemeinsam zu verbringen. Die Fürsorglichkeit des Häuptlingssohns bescherte uns noch eine Henkersmahlzeit, die aus reichlich Wildbret bestand und uns wohl für die bevorstehenden Martern besonders kräftigen sollte.

Wir saßen lange schweigend an unserem Feuer. Ich glaube, dass ein jeder von uns seinen ureigenen Gedanken nachging. Vielleicht hatten wir nun die letzte Gelegenheit, unser Leben noch einmal Revue an uns vorbeiziehen zu lassen. Dick, der immer sehr schweigsam war, stocherte geistesabwesend mit einem kleinen Ast in der Feuerstelle herum. Will ging es nicht anders. Und wer hätte den beiden Männern ihre Wortlosigkeit auch verdenken können?

Heute kann ich es nicht mehr erklären. Aber ich blieb an jenem Abend von der Schwermütigkeit verschont. Ich konnte nicht glauben, dass wir unsere Leben an einem Marterpfahl beschließen sollten.

Ich beschloss, meine Gefährten etwas aufzumuntern.

„Habe ich Euch eigentlich schon einmal erzählt, wie ich mein welliges Haupthaar, das ich ehrlich von Kindesbeinen an mit vollem Recht getragen habe, verlor?"

Ich bemerkte bei meinen Freunden ein leises Lächeln, was mich sehr erfreute und fuhr fort: „Nun, es war eine große Anzahl von Pawnees, ich schätze mal so etwa vier bis fünf Dutzend, aber ich setzte mich tapfer..."

„Vier bis fünf Dutzend?" fragte Will skeptisch.

„Ich kann mich da nicht genau festlegen. Aber ich denke, wenn ich behaupte, dass es mindestens vierzig bis fünfzig Krieger waren, mache ich mich keiner Lüge schuldig."

„Aber es waren bisher immer nur etwa zwei Dutzend, Sam."

„Was spielt das jetzt noch für eine Rolle, altes Coon?"

„Eine große, denn wenn Du morgen vor Deinem Schöpfer stehst, willst Du doch nicht eingestehen müssen, dass Du in Deinen letzten Stunden noch geflunkert hast."

„Mir ist es nicht gegeben zu flunkern, Will. Es kann aber natürlich sein, das ich mich auch irre, obwohl das selten der Fall ist."

„Wenn Du Dich nicht irrst, oder?"

„Genau, Will, wenn ich mich nicht irre... hi, hi, hi. Also, soll ich die Geschichte nun weiter erzählen?"

„Nein!", bestimmte Dick.

„Nicht?"

„Nein!"

„Dann will ich mich auch nicht aufdrängen, meine Herren."

„Du scheinst ja sehr guter Dinge zu sein, mein lieber Sam."

„Warum sollte ich nicht? Wer sollte mich morgen skalpieren? Ich habe mein echtes Haar, wie Ihr wisst, das ich von Kindesbeinen..."

„...ehrlich und mit vollem Recht getragen hast", warf Will ein.

„Mein lieber Will, mich dünkt, dass Du mir den nötigen Respekt versagst, wenn ich mich nicht irre."

„Warum sollte ich in den letzten Stunden nicht das tun, was ich seit Jahren gerne möchte?"

„Du schlechter Kerl."

„Wer?"

„Du!"

„Ich?"

„Natürlich, Will, wer sich gegen seinen Meister erhebt, wird niemals ein guter Geselle."

„Stimmt, ich bin und bleibe ein Greenhorn."

„Es freut mich, dass Du das einsiehst. Und ich verrate Euch beiden noch etwas."

„Und das wäre?"

„Ich lasse Euch tief in meine Seele schauen."

„In Deine schwarze Seele?"

„Merke auf, Will Parker! Ich bin nicht bereit, Deine Bemerkungen ohne eine Erwiderung hinzunehmen."

„Das würde mich auch wundern, mein guter Freund."

„Ja, diese Töne klingen schon lieblicher in meinem Ohr."

„Und was liegt Dir nun auf dem Herzen oder auf Deiner Seele?"

„Unsere Freundschaft."

„Unsere Freundschaft?"

„Ja, unsere sprichwörtliche Freundschaft. Wir drei hatten das große Glück, uns zu finden. Und dafür bin ich dankbar. Dankbar für jeden Tag, den wir zusammen verbracht haben. Denkt nur an all die Gefahren, die wir gemeinsam überstanden haben. Immer war einer für den anderen da. Jeder von uns war bereit, sogar das Leben für den Gefährten zu geben. Wie die drei Muskeltiere."

„Wie wer?"

„Die drei Muskeltiere, lieber Will."

„Kenne ich nicht."

„Kannst Du auch nicht kennen. Denn leider bist Du nicht so belesen wie ich, sonst wüsstest Du, wer die drei Muskeltiere waren."

„Musketiere, Sam", ließ Dick sich hören.

„Was?"

„Muskeltiere ist falsch, Sam. Richtig heißt es Musketiere. Man nannte diese Menschen Musketiere und es kommt von Muskete."

„Danke, Tante Droll!"

„Tante Droll?"

„Hast Du noch nie von Tante Droll gehört? Dem Westman?"

„Selbstverständlich."

„Und auch Hobble Frank dürfte Dir bekannt sein."

„Auch das."

„Nun, dann lass Dir sagen, dass Tante Droll es sich anscheinend zu einer Lebensaufgabe gemacht hat, Hobble Franks sprachlichen Verfehlungen sofort zu verbessern. Frank ist ein herzensguter Kerl. Aber Verbesserungen seiner Weisheiten duldet er absolut nicht."

„Und Du duldest die auch nicht?"

„Doch, denn ich bin ein einsichtiger Mensch, der sogar von einem Greenhorn eine Gelehrtheit annimmt, wenn ich mich nicht irre."

„Es ist schade, dass wir oder, besser gesagt Du, lieber Sam, die Ausbildung von Old Shatterhand nicht fortführen kannst."

„Ja, leider, leider, leider. Aus ihm hätte ein sehr tüchtiger Westman werden können. Ja, wenn Sam Hawkens ein Greenhorn unter seine Fittiche nimmt, kommt etwas dabei heraus, wenn ich mich nicht irre. Aber noch ist nicht aller Tage Abend."

„Aber bald bricht der Tag an."

„Ja, Dick, das wird wohl nicht zu verhindern sein. Aber wir sollten die Hoffnung nicht aufgeben. Vielleicht erreicht Shatterhand noch etwas bei Winnetou."

„Das ist unsere einzige Hoffnung", pflichtete mir Dick bei.

Als der Zeitpunkt gekommen war, betraten drei Apatschen unsere Unterkunft und banden uns die Hände. Als die Decke, die den Eingang verhüllte, sich nun nach vielen Wochen öffnete und wir ins Freie traten, schmerzten unsere Augen. Denn

Sonnenlicht war uns etwa sechs Wochen verwehrt worden.

Vier Pfähle waren in kurzen Abständen tief in die Erde gerammt und an drei wurden wir nun gebunden. Der vierte blieb noch einige Zeit frei und war wohl für Old Shatterhand bestimmt. Rattler schien nicht auserwählt worden zu sein, mit uns die letzten Stunden zu verbringen.

Shatterhand ließ nicht lange auf sich warten. In persönlicher Begleitung von Winnetou und fünf weiteren Kriegern erschien er, kurz nachdem wir unseren Platz eingenommen hatten, wenn ich es mal so umschreiben darf.

Das Greenhorn wurde an den letzten noch freien Marterpfahl gebunden und, nachdem Winnetou unsere Fesseln genau geprüft hatte, trat er zu seinem Vater und Tangua. Er hatte auch verschiedenen Kriegern Anweisungen gegeben.

Viel Volk, ich nehme an, es waren alle Personen, die im Pueblo lebten, hatte sich versammelt, um dem Schauspiel unseres Martertodes beiwohnen zu können. Natürlich entstand ein riesiges Durcheinander, denn anscheinend verlangte ein jeder Indsman nach einem Logenplatz.

Der Abstand unserer Pfähle war so gering, dass wir uns ungestört unterhalten konnten. Old Shatterhand schien wie wir keine Not gelitten zu haben.

Körperlich schien uns der junge Mann also vollkommen in Ordnung zu sein, was man jedoch von seinem geistigen Zustand wohl nicht sagen konnte. Natürlich hatten wir gehofft, dass er bei Winnetou ein offenes Ohr finden würde und dass der Häuptlingssohn ihm glauben würde, es war sein

Bestreben, ein Freund der Apatschen zu werden. Das hätte uns auch vor dem Tod gerettet. Aber er faselte etwas von einer Haarlocke - von der Befreiung Winnetous und seines Vaters. Er sprach davon, dass er schwimmen müsse und anderen Unsinn. Ich konnte mir darauf keinen Reim machen. Wir mussten unser Gespräch auch beenden, denn Häuptling Intschu tschuna ließ für Ruhe sorgen und machte Anstalten, zu seinem Volk sprechen zu wollen.

„Meine roten Brüder und auch die Männer vom Stamme der Kiowas mögen hören, was ich ihnen zu sagen habe. Die Bleichgesichter sind die Feinde der roten Männer. Es gibt nur selten eines unter ihnen, dessen Auge freundlich auf uns gerichtet war. Der edelste unter diesen wenigen Weißen kam zum Volk der Apatschen, um ein Freund und Vater desselben zu sein. Darum haben wir ihm den Namen Klekih Petra – weißer Vater – gegeben. Mein Brüder und Schwestern haben ihn alle gekannt und lieb gehabt. Sie mögen es mir bezeugen."

„Howgh!" ertönte das Wort der Betreuung im Kreis.

„Klekih Petra ist unser Lehrer in allen Dingen gewesen, die wir nicht kannten, die aber gut und nützlich für uns sind. Er hat auch von der Religion der Weißen gesprochen und von dem großen Geist, welcher der Schöpfer und Ernährer aller Menschen ist. Dieser große Geist hat befohlen, dass die roten und die weißen Menschen untereinander Brüder sein und sich lieben sollen. Haben aber die Weißen diesen seinen Willen erfüllt? Haben sie uns Liebe gebracht? Nein! Meine Brüder mögen das bezeugen!"

„Howgh!" erklang es im Chor.

„Sie sind vielmehr gekommen, um uns unser Eigentum zu rauben und uns auszurotten. Dies gelingt ihnen, weil sie stärker sind als wir. Da, wo die Büffel und Mustangs grasten, haben sie große Städte gebaut, von denen alles Böse ausgeht, was über uns kommt. Wo der rote Jäger durch den Urwald oder über die Savanne ging, da rennt jetzt das dampfende Feuerross mit den großen Wagen, in denen es unsere Feinde zu uns bringt. Und wenn der rote Mann vor ihm in die Gründe flieht, die man ihm noch gelassen hat, und dort in Frieden leben will, so dauert es nicht lange, bis er auf Bleichgesichter trifft, die ihm nachgefolgt sind, um dem Feuerross auf diesem rechtmäßigen Grund und Boden des roten Mannes neue Pfade zu bauen. Wir haben solche Weißen getroffen und mit ihnen gesprochen. Wir haben ihnen gesagt, dass dieses Land unser Eigentum sei und ihnen nicht gehöre. Sie haben nichts dagegen vorbringen können, sondern es zugeben müssen. Aber als wir sie aufforderten, fortzugehen und darauf zu verzichten, das Feuerross zu unseren Weideplätzen zu bringen: Da sind sie unserer Aufforderung nicht gefolgt und haben Klekih Petra, den wir liebten und verehrten, erschossen. Meine Brüder mögen mir bestätigen, dass ich die Wahrheit gesprochen habe."

„Howgh!" erklang laut und einstimmig diese Bestätigung.

„Wir haben die Leiche des Ermordeten hierher gebracht und für den Tag der Rache aufbewahrt. Dieser Tag ist heute angebrochen. Klekih Petra soll heute begraben werden und mit ihm der, der ihn ermordet hat. Mit ihm haben wir auch diejenigen gefangen, welche bei ihm waren, als die Tat geschah. Sie sind seine Freunde und Genossen und haben uns in die Hände der Kiowas geliefert. Aber sie leugnen es. Bei allen anderen roten Männern würde das, was wir von ihnen wissen, genügen, sie in den Martertod zu führen. Wir aber wollen den Lehren unseres weißen Vaters Klekih Petra gehorchen und gerechte Richter sein. Da sie nicht zugeben, unsere Feinde gewesen zu sein, so wollen wir sie verhören. Ihr Schicksal soll nach dem bestimmt werden, was wir dabei erfahren. Meine Brüder mögen mir ihre Zustimmung erteilen!"

„Howgh!" erklang der Beifall rund umher.

Nach dieser Rede des Häuptlings war mir schon bedeutend wohler. Denn er hatte beschlossen, uns die Chance einer Verteidigung zu geben. Es gab also die Möglichkeit, uns zu verteidigen. So dachte ich wenigstens. Aber dieses „Verhör" stellte sich als sehr einseitig heraus. Denn die geschickten Fragestellungen des Häuptlings boten mir keine Gelegenheit, Argumente vorzubringen, die unser Handeln in einem besseren Licht hätten erscheinen lassen.

Nach einer gewissen Zeit - und aufgebracht durch eine Lüge Tanguas - übernahm Old Shatterhand unsere Verteidigung. Er tat dies mit Rechtfertigungen, die den Häuptling nachdenklich stimmten. Er wollte sich mit den ältesten Kriegern beraten, was mit uns nun zu geschehen sollte.

Old Shatterhand klärte mich auf, dass Winnetou ihn fragte, ob er schwimmen könne. Er ging somit davon aus, dass er die Möglichkeit sehe, durch eine Art Wettbewerb unser vermutliches Schicksal doch noch von uns abwenden zu können.

Beratungen sind bei den Indsman eine sehr beliebte Beschäftigung und nehmen in ihrer Gesellschaft einen nicht geringen Stellenwert ein. Es soll Beratungen gegeben haben, die sich über Tage hinzogen. Unser „Fall" schien nicht zu den schwierigsten zu gehören. Denn nach einer verhältnismäßig kurzen Zeit war die Zusammenkunft der ältesten Krieger beendet. Dabei verkündete Intschu tschuna, dass man die eigentliche Absicht, uns sofort den Martern auszusetzen, verworfen hat und aufgrund der Ausführungen Old Shatterhands ein Gottesurteil bemühen wolle.

Die Bedingungen werden bei solchen Gelegenheiten so gestellt, dass der Weiße verloren ist. Kam je irgendwo und irgendeinmal einer mit dem Leben davon, so ist es eine Ausnahme gewesen, welche die Regel nur bestätigt.

Old Shatterhand sollte also gegen den Häuptling der Apatschen kämpfen. Seine Aufgabe bestand darin, eine Zeder am jenseitigen Ufer des Rio Pecos, an dem das Pueblo lag, zu erreichen. Intschu tschuna würde ihm nach einer gewissen Zeitspanne folgen, um Shatterhand daran zu hindern, sein Ziel zu erreichen. Ungleich wurden die Bedingungen durch die Bewaffnung Intschu tschunas, die aus einem Tomahawk bestehen sollte, während dem Greenhorn keinerlei Waffen gestattet wurden. Ein ungleicher Kampf sollte also als Gottesurteil angesehen werden.

Wenn alles der Wahrheit entsprach, was mir über Klekih Petra auch im Laufe der folgenden Jahre zu Ohren gekommen ist, bin ich fest davon überzeugt, dass er einem solchen Kampf niemals zugestimmt hätte. Aber wir waren den Apatschen damals schon zu Dank verpflichtet. Deshalb gaben sie doch einem von uns die Chance, unser Leben zu retten. Dies war wohl auch auf den Einfluss ihres weißen Vaters zurückzuführen.

Der Kampf konnte beginnen.

Welche Bemerkung machte Old Shatterhand noch?

„Wenn ich ertrinke, sind wir gerettet?"

Ich war in großer Sorge, als ich mitansehen musste, wie zaghaft - ja beinahe ängstlich - sich das Greenhorn benahm, als er aufgefordert wurde, in den Rio Pecos zu springen. Er hatte mir versichert, dass er wie ein Fischotter schwimmen könne. Aber davon war nichts zu bemerken. Sein Zögern wurde dem Häuptling schließlich zu viel und Shatterhand wurde ins Wasser gestoßen und ... tauchte nicht mehr auf.

„Wenn ich ertrinke, sind wir gerettet!"

Immer wieder schossen mir diese Worte durch den Kopf. Was hatten sie zu bedeuten?

Die Indianer und auch der Häuptling, der dem jungen Deutschen schon ins Wasser gefolgt war, suchten mit ihren Augen die Oberfläche des Flusses ab. Old Shatterhand blieb verschwunden. Wir rechneten schon mit dem Ableben des waghalsigen Menschen, als er plötzlich fast schon am anderen Ufer auftauchte. Unsere Freude war natürlich unbeschreiblich. Denn das Ziel - die Zeder, die er zu erreichen hatte - war fast greifbar nahe. Niemand, auch der nun wütende Intschu tschuna, hätte es vermocht, Old Shatterhand aufzuhalten. Aber was machte dieses Greenhorn? Er wartete tatsächlich ab, bis der Häuptling im bis auf etwa vierzig Schritte nahe gekommen war. Erst dann drehte er sich um und rannte auf die Zeder zu. Nachdem er die Hälfte des Weges zurückgelegt hatte, blieb er abermals stehen und ließ den Indsman noch näher kommen, täuschte dann eine Flucht an. Intschu tschuna warf seinen Tomahawk und verfehlte sein Ziel. Shatterhand nahm die Waffe auf und schlug den Häuptling mit der flachen Seite, wie wir später erfuhren, zu Boden.

Der Kampf war gewonnen und unser Leben war gerettet. Aber der Tag, der für uns mit schlechten Aussichten begonnen hatte, wollte noch kein friedliches Ende nehmen. Denn ein weiteres, für Old Shatterhands Leben ebenso risikoreiches Ereignis sollte noch folgen. Der Grund für eine weitere blutige Auseinandersetzung war Tangua. Dieser hatte es nicht versäumt, die größten Lügen zu verbreiten, um uns dem sicheren Tod zuzuführen. Old Shatterhand hatte dies nicht vergessen und stellte ihn zur Rede. Ohne Erfolg. Deshalb folgte, was folgen musste: ein weiterer Zweikampf auf Leben und Tod. Aber dieses Mal waren die Chancen gleichermaßen verteilt.

Natürlich stand das Kleeblatt auf der Seite des Greenhorns. Aber ich für meine Person sah diesem zweiten Kampf schon gelassener zu als dem ersten. Das Leben des Kleeblattes stand nicht mehr auf dem Spiel und - es mag komisch klingen - genossen wir diese Tatsache. Wir genossen sie sehr, wenn ich mich nicht irre! Selbstredend drückten wir dem jungen Westman die Daumen. Denn auch wir hatten ja noch eine Rechnung mit Tangua offen, wie man so schön sagt. Der Kampf zwischen Shatterhand und Tangua glich eher einem Duell. Tangua wählte, dieser Vorteil stand ihm zu, da er von Shatterhand herausgefordert worden war, das Gewehr als Waffe. Man stand sich in einem gewissen Abstand gegenüber und jeder hatte die Möglichkeit, einen gezielten Schuss auf seinen Gegner abzugeben. Tangua begann, verfehlte jedoch sein Ziel. Shatterhand jedoch traf. Hatte er sich seinem Gegner offen entgegengestellt, so griff Tangua zu der List, seinem Rivalen das Zielen zu erschweren, indem er ihm seine seitliche Ansicht darbot. Shatterhand hatte vor Beginn des Kampfes angekündigt, Tanguas Knie mit einer Kugel zu zerschmettern. Dies war durch Tanguas List nun nicht mehr möglich und Shatterhand zerschoss ihm gezielt beide Knie, was den Häuptling der Kiowas für den Rest seines Lebens zum Krüppel machte.

Ich bin und war der Ansicht, dass diese Grausamkeit hätte vermieden werden können. Denn waren nicht wir es, die Tangua benutzt hatten? Ohne unser Zutun wäre weder er noch wir in diese Lage gekommen. Bis zum heutigen Tage verstehe ich die Härte Shatterhands nicht, gleichgültig welchen Vorwurf man Tangua auch machen konnte.

Die Kämpfe waren beendet. U was uns und unser Leben betraf, so konnten wir mit der sich nun einstellenden Situation mehr als zufrieden sein, wenn ich mich nicht irre....!

Kapitel 11 - Zerwürfnisse

Nachdem sich die Aufregungen des Tages langsam in allgemeines Wohlgefallen aufgelöst hatten, bekam auch das Kleeblatt die Gelegenheit, dem Held des Tages, also unserem Old Shatterhand, seinen Dank abzustatten. Dick und Will flossen praktisch über vor Dankbarkeit, während sich meine Begeisterung eher in Grenzen hielt. Ich war und bin noch heute der Ansicht, dass Shatterhand sich und damit auch uns durch sein Verhalten im Kampf mit Intschu tschuna unnötig in Gefahr gebracht hatte. Einen sicheren Sieg aufs Spiel zu setzen, um ihn noch heldenhafter erscheinen zu lassen, fand ich grundsätzlich falsch - besonders wenn man nicht nur sich selbst schaden konnte, sondern auch seinen Gefährten.

Aber ich war breit, über dieses für uns alle nicht ungefährliche Verhalten den Mantel des Schweigens zu legen. Shatterhand war noch ein junger Mann, dem auch ich nicht zu viel abverlangen wollte.

„Endlich, endlich dürfen wir Euch einmal für uns haben", sprach ich Shatterhand an. „Sagt doch gleich erst vor allen Dingen: Was waren das für Haare, welche Ihr Winnetou zeigtet."

„Ich hatte sie ihm abgeschnitten."

„Wann?"

„Als ich ihn und seinen Vater damals befreite."

Ich möchte einfügen, dass ich die Befreiung des Häuptlings und seines Sohnes für ein Meisterstück des jungen Old Shatterhand hielt und auch heute noch halte. Aber was mir nun zu Ohren kam, trieb mir doch die Zornesröte ins Gesicht. Die nun folgende Unterhaltung nahm einen anderen Verlauf, als die von May in seinem Buch geschildert wird.

„Das ist ja ein tolles Narrenstück, dass Ihr uns geliefert habt, Mr. Shatterhand."

„Wieso Narrenstück?"

„Ihr versteht nicht, was ich Euch sagen will?"

„Nein."

„Nun, dann muss ich wohl deutlicher werden, viel deutlicher, wenn ich mich nicht irre..!"

„Ich bitte darum."

„Ihr habt die Haare Winnetous abgeschnitten und ihm und seinem Vater die Möglichkeit zur Flucht ermöglicht?"

„Ja."

„Das geschah damals, als er und sein Vater Gefangene der Kiowas waren?"

„Ja."

„Also, habt Ihr die Haarpracht Winnetous die ganze Zeit mit Euch herumgetragen?"

„Ja, selbstverständlich."

„Und auch in der Zeit unserer Gefangenschaft, in der wir voneinander getrennt wurden, hattet Ihr die Haare Winnetous zu Verfügung."

„Auch das, mein lieber Sam. Und ich beginne zu ahnen, auf was Ihr hinaus wollt."

„So, Ihr entwickelt eine Ahnung, wenn ich mich nicht irre?"

„Natürlich, Ihr fragt Euch, warum ich so lange gezögert habe, das Beweisstück unserer guten Absichten Winnetou oder seinem Vater zu präsentieren?"

„Nein, das frage ich mich nicht."

„Nicht?"

„Nein, denn ich frage nicht mich, sondern Euch, wenn ich mich nicht irre! Und ich frage Euch, welcher

Teufel Euch geritten hatte, einen solchen Bock zu schießen?"

„Ich habe einen Bock geschossen? Ich glaube, ich verstehe nicht, was Ihr damit meint."

„Oh, Ihr versteht sehr wohl. Oder hattet Ihr zu keiner Zeit mit dem Gedanken gespielt, Winnetou über die Umstände seiner Befreiung zu unterrichten?"

„Schon, aber ich dachte, dass ..."

„Das halte ich für unwahrscheinlich, wenn ich mich nicht irre", unterbrach ich ihn.

„Was haltet Ihr für unwahrscheinlich?"

„Das Ihr gedacht oder, besser gesagt, nachgedacht habt. Und über einen Umstand habt Ihr keinerlei Gedanken verloren, was mich am allermeisten enttäuscht."

„Ihr seid enttäuscht?"

„Mehr als das, wenn ich mich nicht irre."

„Enttäuscht? Von mir?"

„Ja, von Euch. Aber wenn Ihr das nicht versteht, kann ich es gerne erklären."

„Das wäre sehr nett von Euch, mein lieber Sam."

„Mein lieber Sam? Das könnt Ihr Euch sparen. Für wen oder was haltet Ihr Euch eigentlich? Für einen Westman? Für einen Helden, der sich anmaßt, nicht nur über seine Gefährten zu bestimmen, sondern es auch wagt, deren Leben für Eure Spinnereien aufs Spiel zu setzen?"

„Was erzürnt Euch denn so, Mr. Hawkens?"

„Habt Ihr das gehört, Dick und Will? Er fragt mich, was mich so erzürnt. Haben die ‚dark and bloody grounds' jemals solches erlebt? Ich glaube kaum."

„Wir verstehen Dich, Sam", sagte Will in ruhigem Ton, um meinen Zornesausbruch, der bei mir sehr selten vorkommt, zu bremsen.

„Wir haben es doch überstanden. Wir sind frei. Wie dies zustande gekommen ist, spielt doch nun kaum noch eine Rolle. Lass es also gut sein, Sam."

„Ihr scheint die Meinung von Sam zu teilen, Mr. Parker."

„Ja, Mr. May, das tue ich selbstverständlich. Aber wie ich schon bemerkte: Alles hat sich zum Guten gewendet und deshalb kann jeder nun seiner Wege gehen."

„Ihr macht mich etwas ratlos, meine Herren, denn ich kann Euch nicht ganz folgen. Natürlich hätte ich Winnetou oder seiner Schwester Nscho-tschi die Haarlocke zeigen und damit zumindest unsere Freilassung erreichen können."

„Zumindest", fragte ich nach, „also ich für meine Person hätte mit dieser Situation prächtig weiterleben können, was aber nach Euren Eskapaden vor ein paar Stunden noch nicht sichergestellt war."

„Auch für das, was Ihr Eskapaden nennt, gibt es einen einfachen Grund, der Euch sicher einleuchtet, Mr. Hawkens."

„Ich bin gespannt und ganz Ohr."

„Was wäre denn Eurer Meinung nach geschehen, wenn ich Winnetou zu mir gerufen und ihm genau geschildert hätte, wer ihn und seinen Vater befreit hat und ihm als Beweis seine Haarlocke übergeben hätte?"

„Er hätte uns in die Freiheit entlassen. Was wäre ihm auch anderes übrig geblieben?"

„Das nehme ich auch an. Aber was wäre weiterhin geschehen?"

„Ich verstehe die Frage nicht. Was hätte weiter geschehen sollen?"

„Wir wären frei gewesen. Aber was hätten wir damit gewonnen?"

„Nun, die Freiheit, unser Leben, durch eine unversehrte Gesundheit gekrönt. Beschämt hätten wir die Apatschen zurückgelassen und hätten stolz, mit erhobenem Haupt das Lager verlassen. Vielleicht wären wir dem Sonnenuntergang entgegen geritten - auf der Suche nach neuen Abenteuern, wenn ich mich nicht irre."

„Aber meine Absichten waren ganz anderer Natur."

„Hört, Mr. Greenhorn. Was Eure Beweggründe waren, ist mir persönlich vollkommen gleichgültig. Ihr hattet die Möglichkeit, unser aller Leben zu retten, ohne Euch und auch uns unnötig in Gefahr zu bringen. Und das, mein junger Freund, wäre Eure Pflicht und Schuldigkeit gewesen."

„Unser Leben war nie in Gefahr, meine Herren. Ich wusste zu jeder Zeit, was ich tat und was ich verantworten konnte."

„Unser Leben war nie in Gefahr? Wie kommt Ihr auf diesen Gedanken bei einem Zweikampf auf Leben und Tod?"

„Ich war mir sicher, den Kampf zu gewinnen. Hatte ich Euch nicht gesagt, wenn ich ertrinke, sind wir gerettet?"

„Ja, das habt Ihr."

„Und ist meine List nicht geglückt?"

„Auch das ist richtig. Aber was wäre geschehen, wenn Ihr durch einen unglücklichen Umstand den

Kampf verloren hättet? Ein Krampf während des Schwimmens oder das Stolpern über eine Wurzel hätte ausgereicht, um Euch in die ewigen Jagdgründe zu befördern. Und was, mein geliebter Sir, ist mit der wochenlangen Gefangenschaft? Zwar wurden wir sehr gut von den Roten behandelt. Aber glaubt Ihr, eine solche lange Zeit mit drei Menschen in einem für unsere Begriffe engen Raum zu verbringen, wäre ein Zuckerschlecken für uns gewesen? Nein, Sir, das war es sicher nicht, wenn ich mich nicht irre. Ihr habt keinen Funken Gemeinschaftssinn. Ich und auch meine Freunde haben wohl eine andere Auffassung, was eine Verbundenheit bedeutet. Leider musste ich das einmal so deutlich sagen!"

„Es betrübt mich doch sehr, dass Ihr nun eine solche Meinung von mir habt, Mr. Hawkens. Aber einen wichtigen Punkt habt Ihr in Eurer Strafpredigt übersehen, der in meinen Augen sehr wichtig ist."

„Und der wäre?"

„Unser Ansehen bei den Apatschen."

„Unser Ansehen?"

„Ja, durch die beiden Siege ist unser Ansehen sicherlich gestiegen. Das wird mir helfen, meine Pflicht gegenüber Winnetou zu erfüllen."

„Welche Pflicht?"

„Denkt an das Versprechen, das ich Klekih Petra gegeben habe."

„Hört auf, Mr. Shatterhand, niemand außer Euch und dem Sterbenden haben die Worte gehört, geschweige denn verstanden, da er sie in deutscher Sprache an Euch gerichtet hat."

„Richtig! Und was ein Deutscher verspricht, pflegt er auch zu halten."

Meine Geduld mit dem Greenhorn wurde nun auf eine harte Probe gestellt. aber wenn ein Sam Hawkens einmal in Rage gekommen ist, kann und lässt er sich nur sehr schwer wieder beruhigen. Und so war es auch hier. Auf die letzte Bemerkung fuhr ich Shatterhand so an, dass sogar Will Parker zusammenzuckte.

„Was faselt Ihr denn da für ein dummes Zeug? Seid Ihr denn wirklich der Meinung, dass die Deutschen eine Sonderstellung gegenüber anderen Völkern einnehmen? Glaubt Ihr ernsthaft, dass alle Deutschen ehrlich, fleißig und ohne Tadel sind?"

„Natürlich nicht alle. Aber ich denke, die meisten meiner Landleute sind so."

„Macht Euch nicht lächerlich! Oder nehmt Ihr an, dass nur Franzosen, Engländer, Iren, Italiener und andere räuberische Völkchen dem roten Mann das Land rauben? Seid Ihr denn nicht selbst schuldig geworden? Wart Ihr es nicht, der so fleißig daran gearbeitet hat, die Vermessungen voranzutreiben? Ihr seid es doch, der sich in Bibliotheken kundig gemacht hat. Habt Ihr ernsthaft geglaubt, dass unsere Arbeit den Indsman Frieden und Freiheit bringen würde? Aber der allwissende Old Shatterhand trifft in der Wildnis auf einen ebenso aufrechten Deutschen, der ihm sogar das Wasser reichen kann und macht ein Versprechen, das er unbedingt einzuhalten gedenkt. Dies will in einer Weise erreichen, die seine Gefährten in höchste Gefahr bringt. Wir waren es doch, denen Ihr es verdankt, überhaupt aus Eurer Studierstube ausbrechen zu können. Wären wir nicht gewesen, würdet Ihr vielleicht heute noch Kinder unterrichten und zwischen alten Buchdeckeln Euer Leben fristen.

Nein, mein junger Freund, auf uns habt Ihr keinerlei Rücksicht genommen. Wir waren Euch keine zehn Cent wert."

„Ihr wisst, Sam, dass ich Euch sehr schätze, ebenso wie Eure Kameraden. Und stellt bitte nicht meine Dankbarkeit, die ich Euch schulde, in Frage. Mir ist bewusst, dass Ihr mehr für mich getan habt, als es in Eurer ursprünglichen Absicht lag. Aber ich denke, dass ich auch behaupten kann, Euch in keiner Weise behindert zu haben. Und was meine Herkunft betrifft, so bin ich wahrlich stolz auf meine Heimat. Stolz darauf, die Eigenschaften, die mir eine deutsche Erziehung angediehen ließ, hier in der Wildnis anwenden zu können. Natürlich gibt es auch unter meinen Landsleuten gute und schlechte Menschen."

„Eine späte Einsicht."

„Das mag in Euren Augen so erscheinen. Aber ich sage Euch noch etwas. Ich habe Winnetou lieb gewonnen, und ..."

„Lieb gewonnen", unterbrach ich seinen Redefluss, „wie kann man jemanden lieb gewinnen, den man kaum kennt oder der Euch und uns nach dem Leben trachtete?"

„Ich glaube, es besteht eine Art Seelenverwandtschaft zwischen mir und dem Sohn des Häuptlings. Ich kann es mit einfachen Worten nicht erklären. Aber seit dem ersten Zusammentreffen mit ihm und besonders nach dem Gespräch mit Klekih Petra habe ich dieses Gefühl."

„Eure Gefühle in allen Ehren! Aber für solche Dummheiten ist kein Platz in den dunklen und blutigen Gründen des Westens."

„Aber, Sam, bedenkt, welche Möglichkeit sich uns hier bieten."

„Welche denn, mein findiges Greenhorn? Wo seht Ihr denn Vorteile für uns?"

„Nun, ich spreche nicht über Nutzen in materieller Hinsicht."

„Sondern?"

„Stellt Euch es vor: Ich könnte die Lücke schießen, die Klekih Petra hinterlassen hat. Hätten wir dadurch nicht die Chance, unseren Einfluss bei den roten Männern geltend zu machen? Würden wir nicht dazu beitragen können, durch geschickte Verhandlungen mit der Obrigkeit vieles wieder gut machen zu können, was wir am roten Volk verbrochen haben?"

Leider hatte ich nicht die Möglichkeit zu einer weiteren Erwiderung, denn Winnetou und sein Vater traten zu uns.

Intschu tschuna ergriff das Wort: „Ich habe von Winnetou alles gehört. Ihr seid frei und werdet uns verzeihen. Du, Old Shatterhand, bist ein tapferer und sehr listiger Krieger und wirst noch manchen Feind besiegen. Der handelt klug, der Dich zu seinem Freund macht. Willst Du das Kalumet des Friedens mit uns rauchen?"

„Ja, ich möchte euer Freund und Bruder sein", antwortete Old Shatterhand.

„So kommt mit uns."

Der Häuptling wies meinen Gefährten und mir ein Gemach an, das wir uns geteilt hatten. Im Gegensatz zu unserer vorherigen Behausung war es aber wesentlich besser eingerichtet und, als wir eintraten, bemerkten wir, dass für unser leibliches Wohl schon gesorgt worden war.

Wir ließen uns auf die Lager nieder, die man mit Decken und Bärenfellen für uns hergerichtet hatte.

Meine Gefährten hatten seit meiner Auseinandersetzung mit Shatterhand noch keinen Ton verlauten lassen.

„Liegt Euch etwas auf dem Herzen, meine Herren?", fragte ich unbefangen, obwohl ich mir denken konnte, dass Dick und Will wohl nicht ganz damit einverstanden waren, wie ich mich gegenüber Old Shatterhand geäußert hatte.

„War es wirklich nötig, einen Streit mit dem jungen Deutschen vom Zaun zu brechen?", begann Will die Aussprache.

„Ich denke, das war mehr als nötig, Will!"

„Sam, wir verdanken ihm unser Leben!"

„Ich habe nicht die Absicht, mich zu wiederholen."

„Gut, reden wir im Augenblick nicht mehr darüber. Was fangen wir nun an mit unserer Freiheit, Sam?"

„Wir stehen immer noch in den Diensten der Eisenbahngesellschaft. Auch wenn das Greenhorn und wir die einzigen Überlebenden sind, so werden wir nun sehen, wie sich das Verhältnis zwischen den Apatschen und uns weiter entwickelt. Dann sehen wir weiter. Ich denke, wir werden uns die Zeit mit Jagen und Fischen vertreiben und uns einfach erholen. Denn Erholung haben wir sicher nötig nach all den Strapazen der letzten Zeit."

„Ja, das würde ich auch sagen", pflichtete mir Dick bei, „aber ich muss Dich berichtigen, lieber Sam."

„Mich berichtigen? Wie kommst Du auf den Gedanken, mich berichtigen zu müssen? Ich bin nicht mehr berichtigt worden, seit ... siehst du, ich erinnere mich schon nicht mehr an den Zeitpunkt: So lange ist es schon her, seit ich berichtigt worden bin, wenn ich mich nicht irre."

„Trotzdem, Sam, wir und das Greenhorn sind nicht die einzigen Überlebenden. Du hast Rattler vergessen."

„Vergessen? Ich habe in meinem ganzen Leben noch nie etwas vergessen. Natürlich ist mir Rattler nicht entfallen. Mir ist es nur gegeben, in die Zukunft zu schauen."

„Wie bitte?" Dick sah mich fragend an.

„Rattler, meine lieben Freunde, hat zwar überlebt. Aber sicher ist er nicht mehr lange unter den Lebenden. Die Apatschen werden sich für den Mörder ihres weißen Lehrers sicher etwas ganz Außergewöhnliches ausdenken. Ich rechne ihn schon zu den Toten."

„Ja, in seiner Haut möchte ich nicht stecken."

„Er wird auch nicht mehr lange in seiner Haut stecken. Denn die Indsman werden sie ihm schon über die Ohren ziehen."

„Ja, das denke ich auch", sagte Will.

„Ich werde mir noch ein wenig die Beine vertreten. Dick, Will, wollt Ihr mich begleiten?"

Meine Freunde zogen es vor, sich ein wenig auf ihren Lagern auszuruhen. Also, stopfte ich meine alte kurze Savannenpfeife und trat hinaus auf die Plattform vor unserer Behausung. Meinen Tabak genießend, dachte ich über unsere Lage nach, die sich so sehr verbessert hatte. Ich trauerte auch um Bancroft und um unsere Kameraden, die ihr Leben hier gelassen hatten.

Aber so standen die Dinge damals in den dunklen und blutigen Gründen des Wilden Westens.

Ich hing meinen Gedanken nach, als Old Shatterhand zu mir trat.

„Nun, Sam Hawkens, wie fühlt Ihr Euch?"

„Ausgezeichnet. E ist jetzt eine andere Sache als freier Mann im Lager der Apatschen zu sein. Das muss ich schon sagen."

„Aber Ihr hegt noch einen Groll gegen mich, oder?"

„Ich habe gesagt, was zu sagen war, wenn ich mich nicht irre!"

„Und dafür bin ich Euch auch sehr dankbar!"

„Dankbar?"

„Ja. Ich habe über Eure Worte nachgedacht und vielleicht habt Ihr ja nicht so ganz unrecht."

„Das freut mich zu hören. Aber ich denke, aus Fehlern kann man lernen, wenn ich mich nicht irre."

Ich war wirklich bereit, dem Greenhorn sein Fehlverhalten zu vergeben. Shatterhand war ein besonderer Mensch.

Kapitel 12 - Der Aufbruch

Es war mittlerweile Herbst geworden und wir mussten langsam an den Abschied denken, wenn wir den Winter nicht bei den Apatschen verbringen wollten.

An einem dieser schönen Herbsttage beschloss ich, meinem Maultier „Mary" wieder etwas Bewegung zu verschaffen. Bei den Pferden angelangt, traf ich auf Winnetou, der damit beschäftigt war, Pferde auszuwählen.

„Ich grüße unseren Freund, Sam Hawkins."

„Auch ich grüße Dich, Winnetou."

„Sam Hawkens tut gut daran, sein Maultier auf den lagen Ritt vorzubereiten."

„Welchen Ritt meint Winnetou?"

„Hat mein Bruder, Old Shatterhand, noch nicht erwähnt, dass wir uns morgen auf den Weg nach Osten machen?"

„Nein."

„Dann wird er dies sicher noch tun."

„Warum will Winnetou mit uns reiten?"

„Nicht nur Winnetou wird Euch begleiten, sondern auch mein Vater Intschu tschuna, meine Schwester Nscho-tschi und einige Krieger der Apatschen."

„Nscho-tschi begleitet uns auch?"

„Ja, sie wird im Osten Schulen der Weißen besuchen, um alles zu lernen, was eine weiße Squaw wissen und können muss."

„Wozu?"

„Ahnt Sam Hawkens nicht, welche Absicht meine Schwester verfolgt?"

Die Situation, in der ich mich nun befand, war mehr als schwierig. Sollte ich Winnetou anvertrauen, dass Old Shatterhand auf keinen Fall beabsichtigte, Nscho-tschi zu ehelichen? Die junge Indianerin im Unklaren zu lassen, fand und - das finde ich auch heute noch - sehr armselig. Ich versuchte Winnetous Frage neutral zu beantworten und sagte: „Das Kleeblatt hatte kaum Kontakt mit dem Häuptling oder mit Winnetou. Auch war es uns nicht vergönnt, Nscho-tschi öfter zu sehen - von Old Shatterhand ganz zu schweigen."

„Wenn Sam Hawkens und seine Gefährten das Gefühl haben, nicht zu uns zu gehören, so betrübt das Winnetou sehr. Das Kleeblatt kann sicher sein, dass es ein hohes Ansehen bei unserem Stamm genießt."

„Das freut mich zu hören."

„Die Freude wird bei Sam Hawkens noch größer sein, wenn ich ihm sage, dass wir, bevor es nach St. Louis geht, die Vermessungen für den Bahnbau noch vollenden werden."

„Die Vermessungen werden fortgeführt?"

„So bestimmt es mein Vater."

„Wie kommt dieser Sinneswandel zustande?"

„Der Indianer ist in den Augen der Weißen wohl nur ein minderwertiger Mensch. Doch auch wir verfügen über einen wachen Verstand. Der Siedlerstrom reißt nicht ab und wir werden diese Menschen nicht aufhalten können. Der Weg für das Feuerross wird vermessen und es wird später auch gebaut. Warum soll Old Shatterhand nicht das tun, was später sowieso geschieht? Wie ich hörte, ist Old Shatterhand nicht reich. Beendet er die Vermessung, so kann er und auch Ihr, Mr. Hawkens, die Bezahlung verlangen, die Euch zugesichert wurde."

„In diesem Fall schulden wir Euch herzlichen Dank, Winnetou."

„Des Dankes bedarf es nicht. Wir reiten also morgen zu der Stelle, an der die Vermessung abgebrochen wurde. Aber auch wenn sich die Wege von Winnetou und dem Kleeblatt bald trennen, so sollt Ihr wissen, dass es im Pueblo der Apatschen immer einen Platz für Sam Hawkins, Dick Stone und Will Parker geben wird. Und ich hoffe, dass Ihr die Gastfreundschaft der Apatschen genossen habt und es Euch an nichts fehlte."

„Ja, Winnetou, wir sind sehr zufrieden und wir verlebten eine herrliche Zeit. Natürlich erst ab dem Zeitpunkt, als wir keine Gefangenen mehr waren."

„Und doch hat Sam Hawkens sich später erneut in Gefahr begeben."

„Ich?"

„Ja!"

„Wüsste nichts von der Gefahr einer erneuten Gefangenschaft."

„Und doch drohte die Gefahr, dass Sam Hawkens wieder Fesseln angelegt würden. Besonders bei Vollmond!"

Ich wurde etwas verlegen. Denn nun begriff ich, dass Winnetou mein kleines „Abenteuer" mit der Squaw „Vollmond" nicht unbekannt geblieben war. Er bemerkte meine Verlegenheit und wechselte das Thema.

„Aber sprechen wir kurz vom morgigen Tag. Es wird ein kurzes Frühstück geben und dann begleiten uns sämtliche Bewohner des Pueblo hinab zum Fluss, wo eine Zeremonie vorgenommen wird und der Medizinmann zu erklären hat, ob die Reise eine glückliche oder unglückliche sein wird."

„Glaubt Winnetou an die Prophezeiungen des Medizinmannes?"

„Nein, aber viele in meinem Stamm tun dies. Es ist ein sehr alter Brauch."

„Ich verstehe. Nun, dann werden wir uns morgen wiedersehen."

„Das werden wir, lieber Sam, das werden wir."

Bei diesen Worten klopfte er mir zweimal auf die Schulter und lächelte mich an. Ich war etwas verblüfft. Wie nannte er mich? Lieber Sam? Und er lächelte! Ganz ohne Zweifel, er lächelte! Oft wird Winnetou als sehr ernsthafter Mensch beschrieben, was eigentlich auch zutraf. Aber er hatte durchaus auch Momente, in denen er einen gewissen Humor entwickelte. Zwar habe ich ihn niemals lauthals lachen gesehen oder gehört. Er war aber durchaus ein Mensch, der eine gewisse Fröhlichkeit an den Tag legen konnte.

Nachdem ich meiner Mary einen Ausritt gegönnt hatte, stieg ich wieder zum Pueblo hinauf, um unser Quartier aufzusuchen. Meine beiden Gefährten erwarteten mich bereits, um mir besondere Neuigkeiten mitzuteilen.

„Putz Deine Liddy, striegele Deine Mary, denn morgen geht es in Richtung Osten", empfing mich Will.

„Das ist mir bekannt", antwortete ich.

„Wer hat Dich von unserem Aufbruch unterrichtet?"

„Wer hat es Euch denn gesagt?"

„Shatterhand war eben hier."

„Nun, mich hat mein Freund Winnetou persönlich eingeweiht, wenn ich mich nicht irre..."

„Dein Freund Winnetou?" warf Dick ein.

„Ja, wir trafen uns zufällig bei den Pferden. Er sprach von einer Zeremonie, die morgen früh stattfinden soll."

„Ja, und zwar ziemlich früh", sagte Dick.

„Eben. Darum sollten wir uns bald zur Ruhe begeben."

„Nicht so hastig, Sam. Hat Dir Winnetou noch mehr mitgeteilt?"

„Ja, die Vermessungen sollen vollendet werden und dann geht es weiter nach St. Louis. Viel mehr haben wir nicht gesprochen. Er klopfte mir nur noch auf die Schulter, nannte mich lieber Sam und ..."

„Lieber Sam?"

„So nannte er mich, lieber Dick."

Es trat eine Zeit des Schweigens ein. Meine Gefährten waren wohl der Ansicht, dass mir plötzlich Winnetou mehr bedeuten würde als sie. Außerdem hatte ich meine Freunde wegen meines Liebesverhältnisses, was eigentlich gar keines war und welches ich nie wieder erwähnen werde, sehr vernachlässigt. Um das Gespräch wieder in Gang zu bringen und meine Gefährten wieder zu versöhnen, sagte ich: „Eines, liebe Freunde, missfällt mir aber sehr."

„Und was, lieber Sam?" fragte Will.

„Winnetou sprach von einem kurzen Frühstück."

„Und?"

„Für ein kurzes Frühstück bin ich nicht zu haben. Lasst uns also Fleisch braten. Wir schlagen uns heute Abend den Bauch voll und den Rest vertilgen wir morgen früh, wenn ich mich nicht irre ... hi, hi, hi!"

Am Morgen des folgenden Tages war es soweit. Die Zeit des Aufbruchs war gekommen. Für mich und meine Gefährten war die Zeit der Untätigkeit beendet. Unser Weg sollte, so sehr wir die Gastfreundschaft der Indsman auch schätzten, endlich wieder in die eigentliche Freiheit führen. Gerne nahmen wir an der Zeremonie teil und begaben uns zu diesem Zweck an das Ufer des Rio Pecos.

Zu dieser Feierlichkeit waren auch die in der Nähe des Pueblos sich aufhaltenden Apatschen herbeigekommen. Unser großer Ochsenwagen stand noch da. Er konnte von uns natürlich nicht mitgenommen werden, weil er zu schwerfällig war und die Schnelligkeit, welche wir uns vorgenommen hatten, beeinträchtigt hätte. Er bildete das Sanktuarium des Medizinmannes, welcher ihn mit Decken verhangen hatte, hinter denen er steckte. Es wurde ein weiter Kreis um den Wagen gebildet. Plötzlich erschien der Medizinmann und gab seine Eingebungen an seinen Stamm weiter.

„Hört, hört, Ihr Söhne und Töchter der Apatschen! Das ist es, was Manitu, der große, gute Geist, mich erforschen ließ. Intschu tschuna und Winnetou, die Häuptlinge der Apatschen und Old Shatterhand, der unser weißer Häuptling ist, reiten mit ihren roten und weißen Kriegern fort, um Nscho-tschi, die junge Tochter unseres Stammes nach den Wohnplätzen der Bleichgesichter zu begleiten. Der gute Manitu ist bereit, sie zu beschützen. Sie werden einige Abenteuer erleben, ohne Schaden davon zu haben und glücklich zu uns zurückkehren. Auch Nscho-tschi, welche längere Zeit bei den Bleichgesichtern bleibt, kommt glücklich wieder und nur einer von ihnen ist es, den wir nicht wiedersehen werden."

Die Aussage dieses Menschen machte mich neugierig und deshalb fragte ich forsch: „Wer ist es denn, der nicht zurückkehren wird? Der Mann der Medizin mag es doch sagen!"

„Es wäre besser, wenn nicht nach ihm gefragt worden wäre. Ich wollte ihn nicht nennen, nun aber hat Sam Hawkens, das neugierige Bleichgesicht, mich gezwungen, es zu sagen. Old Shatterhand ist es, der nicht wiederkommen wird. Der Tod trifft ihn in kurzer Zeit. Die, denen ich eine glückliche Heimkehr verkündet habe, mögen sich vor seiner Nähe hüten, wenn sie nicht Ihr Leben mit dem seinen lassen wollen! Sie befinden sich bei ihm in Gefahr, von ihm entfernt aber stets in Sicherheit. Das sagt der große Geist. Howgh!"

„Lass es, Sam", raunte mir Will Parker zu.

„Was soll ich lassen? "

„Das, was Du Dir wieder ausgedacht hast."

„Und das wäre? "

„Du willst dem Medizinmann widersprechen. Und das kann nicht gut gehen."

„Warten wir es ab."

Ich trat vor und verkündete:

„Nicht nur die Roten, sondern auch die Weißen haben ihre Medizinmänner, welche es verstehen, die Zukunft zu erforschen. Und ich, Sam Hawkens, bin der berühmteste unter ihnen. Ja, da wundert Ihr Euch! Ihr habt mich bisher für einen gewöhnlichen Westman gehalten, weil Ihr mich noch nicht kennt. Aber ich kann mehr und Ihr sollt mich kennenlernen, hi, hi, hi! Einige von den roten Kriegern mögen ihre Tomahawks nehmen und ein enges, aber tiefes Loch in die Erde graben. Die Zukunft liegt im Schoß der Erde verborgen, zuweilen auch in den Sternen. Da ich jedoch jetzt am hellen Tag keine Sterne sehen kann, die ich befragen könnte, muss ich mich an die Erde wenden."

Einige Indianer folgten meiner Aufforderung, indem sie mit ihren Kriegsbeilen ein Loch gruben. Ich ging zu den Indianern, um ihnen zu sagen, wie tief das Loch zu schaufeln sei.

Als es fertig war, trieb ich sie fort und zog meinen alten, ledernen Jagdrock aus. Nachdem ich ihn wieder zugeknöpft hatte und auf die Erde setzte, stand das alte Kleidungsstück so steif, als wäre es aus Blech oder Holz gemacht. Ich stellte den Rock, welcher einen hohlen Zylinder bildete, auf das Loch, gab mir ein wichtiges Aussehen und rief:

„Die Männer, Frauen und Kinder der Apatschen werden sehen, was ich tue, es erfahren und darüber staunen. Die Erde wird mir, wenn ich meine Zauberworte gesprochen habe, ihren Schoß öffnen, sodass ich alles sehe, was in nächster Zeit mit uns geschehen wird."

Hierauf entfernte ich ein kleines Stück vom Loch und ging dann langsam und mit feierlichen Schritten um dasselbe herum. Meine Schritte wurden immer schneller. Als ich mich außer Atem gelaufen und gebrüllt hatte, trat ich zu seinem Rock hin, machte mehrere tiefe Verbeugungen und steckte meinen Kopf oben hinein, um durch den Jagdrock hinab ins Loch zu sehen.

Ich zog nach einiger Zeit den Kopf heraus, knöpfte den Rock wieder auf, zog ihn an und gebot:

„Meine roten Brüder mögen das Loch zumachen, denn solange es offen steht, darf ich nichts sagen!"

Als diese Aufforderung befolgt worden war, holte ich tief Atem und rief dann:

„Euer roter Medizinbruder hat falsch gesehen. Denn es wird grad das Gegenteil von dem geschehen, was er sagte. Ich habe alles erfahren, was uns die nächsten Wochen bringen. Aber es ist mir verboten, es mitzuteilen. Nur einiges darf ich berichten. Ich habe Gewehre in dem Loch gesehen und Schüsse gehört. Wir werden also Kämpfe zu bestehen haben. Der letzte Schuss kam aus dem Bärentöter Old Shatterhands. Wer den letzten Schuss hat, kann doch nicht gefallen und gestorben sein, sondern er muss Sieger sein. Meinen roten Brüdern droht Unheil. Sie können demselben nur dadurch entgehen, dass sie sich in der Nähe Old Shatterhands halten. Wenn sie aber das tun, was der Medizinmann von ihnen forderte, so gehen sie zugrunde. Ich habe gesprochen. Howgh!"

Natürlich bin ich der Überzeugung, dass nicht alle Apatschen meinen Ausführungen Glauben schenkten. Aber ich denke, sie machten die Wahrsagungen des Medizinmannes unwirksam.

Nach einigen Vorbereitungen sollte nun der Ritt beginnen. Ein Ritt, der nicht ohne Folgen bleiben sollte.

Kapitel 13 - Santer

Der Ritt verlief anfangs - also, bis zu dem Punkt, wo die Vermessungsarbeiten so plötzlich beendet worden waren - ohne besondere Vorkommnisse. Uns – also, dem Kleeblatt - kam noch eine schaurige Aufgabe zu. Wir mussten die Leichen der Gefallenen Kameraden, die von den Apatschen nach dem Kampf achtlos liegen gelassen worden waren, begraben. Ich nenne diese Menschen, die uns zwar nicht sehr nahe standen, mit Absicht Kameraden, denn über den Tod hinaus sollte es keine Feindschaften mehr geben. Wir waren - und dieser Meinung bin ich noch heute - davon überzeugt, dass niemand ein Recht hat, über tote Menschen den Stab zu brechen. Zwar bin ich nicht besonders religiös. Aber ich bin der Ansicht, dass jeder Mensch für seine Taten einstehen muss - gleichgültig, ob diese Taten gut oder schlecht waren. Vor wem auch immer: Jeder Mensch wird zur Rechenschaft gezogen, wenn er sein Leben beendet hat.

Aber nun möchte ich gerne über die weiteren Ereignisse berichten.

Die Vermessungen wurden nach vier Tagen abgeschlossen und wir ritten weiter in Richtung Osten, um die Häuptlingstochter nach St. Louis zu begleiten.

Nach weiteren zwei Tagen - wir befanden uns auf einer Ebene - kamen uns vier Reiter entgegen. Ich vermutete, dass es sich um Cowboys handelte. Nach einigem Zögern kamen sie uns entgegen und grüßten, wie es im Westen üblich war. Begegnungen in den „dark and bloody grounds" waren stets mit Vorsicht anzugehen. Nicht jedem kann man sein

Vertrauen schenken und es war immer gut, den Finger vorerst am Abzug zu haben.

So war es auch in diesem Fall.

Es folgte eine kurze, belanglose Unterhaltung. Und hier lag nicht nur der Hase im Pfeffer, sondern auch ein kleiner, aber wichtiger Irrtum vor. Old Shatterhand schien in seinen Aufzeichnungen einige Tatsachen vergessen zu haben. Nicht ich war es, der Santer, so nannte sich damals einer der Reiter, der über den Sinn und Zweck unseres Rittes aufklärte, sondern er selbst. Wieso hätte ich auf die Fragen von Santer antworten sollen? An der Spitze ritt Shatterhand mit seinem Blutsbruder Winnetou, gefolgt von Intschu tschuna und Nscho-tschi. Erst dann folgten das Kleeblatt und die Krieger der Apatschen. Folglich erreichte Santer die Spitze unserer Reiterkolonne - bestehend zuerst aus Winnetou und Shatterhand. Was also sollte Santer dazu veranlassen, die Spitze unseres Trupps zu umreiten, um ausgerechnet mich anzusprechen? Selbst einem Blinden wäre es aufgefallen, wer die „Vornehmsten" unserer Gesellschaft waren, wenn ich mich nicht irre!

Als Santer uns mit seinen Leuten erreichte, grüßte er, wie schon erwähnt.

„Good day, ist es nötig, den Finger am Drücker zu haben … oder nicht?"

„Good day", antwortete Shatterhand. „Wir haben keine feindseligen Absichten und, wenn Ihr keine habt, wird es nicht nötig sein, den Finger am Drücker zu haben. Darf man erfahren, woher Ihr kommt?"

„Vom alten Mississippi herüber."

„Und wohin wollt Ihr?"

„Hinauf nach New-Mexiko und von dort aus nach Kalifornien hinüber. Haben gehört, dass dort Rinderhirten gebraucht und besser bezahlt werden als da, woher wir kommen."

„Könnt recht haben, Sir, müsst aber noch einen weiten Weg machen, bis ihr eine solche feine Anstellung erhaltet. Wir kommen von da oben herunter und wollen nach St. Louis. Ist der Weg jetzt rein?"

„Ja. Wenigstens haben wir nichts Gegenteiliges gehört. Braucht Euch aber auch in einem solchen Fall nicht zu fürchten, seid ja zahlreich genug. Oder reiten die roten Gentlemen nicht weit mit?"

„Das ist noch nicht entschieden."

„Es ist selten, dass man eine rote Lady hier in der Savanne trifft. Darf man Eure Namen erfahren?"

Nun ergriff Winnetou das Wort: „Ich bin Winnetou, der Sohn des obersten Häuptlings aller Apatschen, Intschu tschuna, den Ihr hier erblickt." Dabei deutete er auf seinen Vater und fuhr fort: „Hier neben mir seht Ihr Old Shatterhand, der den grauen Bären mit dem Messer ersticht und den stärksten Menschen mit der Faust zu Boden schlägt. Ebenso in unserer Gesellschaft befindet sich das ‚Kleeblatt'."

„Es freut uns, dass wir auf so bekannte Männer treffen, deren Namen uns nicht unbekannt sind. Von Intschu tschuna und Winnetou haben wir schon gehört und auch das Kleeblatt ist im Westen ein Begriff. Aber von einem Old Shatterhand haben wir leider noch nie etwas gehört. Old Firehand oder Old Wabble, den man auch den Indianertöter nennt, sind bekannte Westmänner, aber Shatterhand", dabei zuckte er mit den Schultern, "nie gehört."

„Das wird sich bald ändern und der Name Old Shatterhand wird an jedem Lagerfeuer genannt werden. Dürfen wir nun auch Euren Namen erfahren?"

„Gern. Ich bin Santer, Frederik Santer, und wünsche Euch einen guten Ritt gen Osten mit der schönen roten Lady. Good day!"

Nach diesen Worten gab er seinem Pferd die Sporen und seine Gefährten taten es gleich.

Winnetou schien beunruhigt zu sein und wandte sich an Old Shatterhand: „Mein Bruder hätte das Ziel unserer Reise, die Stadt St. Louis, nicht nennen dürfen."

„Aus welchem Grund?"

„Santer wird annehmen, dass Nscho-tschi zu dieser Stadt gebracht werden soll."

„Woraus sollte er das schließen?"

„Er erwähnte es bereits oder hat mein Bruder Santers Worte nicht deuten können? Sprach Santer nicht davon, dass es sehr selten ist, einer Indianerin in der Prärie zu begegnen? Was würde mein Bruder Charlie denken, wenn er hier auf einen Trupp wie den unseren treffen würde? Was würde er denken, soll mit der Squaw geschehen, die von so vielen Kriegern, dem Häuptling und dessen Sohn begleitet wird?"

„Ich glaube zu verstehen."

„Ja, mein Bruder, Santer nimmt ganz richtig an, dass wir meine Schwester nach St. Louis bringen. Also, wird er auch richtig vermuten, dass wir uns mit den Mitteln versehen werden, die meine Schwester benötigt."

„Also, mit Gold. "

„Mein Bruder sagt es. Santer und seine Begleiter hatten keine guten Augen. Ich möchte feststellen, ob sie böse Absichten hegen und sie verfolgen. Wird mein Bruder mich begleiten?"

„Gern."

Es schien ein großes Vertrauen zwischen Intschu tschuna und seinem Sohn zu bestehen. Wenige Blicke, die Intschu tschuna seinem Sohn zuwarf, schienen Winnetou zu sagen, dass sein Vater mit seinen Entscheidungen, die er ja eigentlich hätte treffen müssen, einverstanden war. Sicherlich war es seine Absicht, Winnetou auf die Verantwortung vorzubereiten, die ihm nach seinem Tod einmal zufallen würde. Dass dieser Fall schon sehr bald eintreten würde, daran dachte von uns niemand.

Winnetou gab uns die Anweisung, langsam unserem Weg zu folgen. Wir entsprachen seiner Bitte und die Blutsbrüder setzten sich auf die Spur Santers.

Nach etwa drei Stunden holten uns die beiden wieder ein und der weitere Ritt verlief ohne besondere Vorkommnisse. Am Abend machten wir an einem Wasser Halt. Gewohnt, stets vorsichtig zu sein, suchten die Häuptlinge die Umgebung erst sehr sorgfältig ab, ehe sie die Weisung erteilten, zu lagern. Solche Lager sind wohl das Einzige, was sich mit den Vorstellungen der zivilisierten Welt vom Leben eines Westmannes deckt.

Das Lagerfeuer prasselt, man brät ein gutes Stück Fleisch und erzählt sich Geschichten. So auch an diesem Abend.

Natürlich gab auch ich einiges zum Besten und erzählte mein Abenteuer, das mich letztendlich mein Haupthaar kostete, das ich seit Kindesbeinen mit vollem Recht getragen habe. Intschu schuna und sein Sohn lauschten den Erzählungen mit großem Interesse. Nach einer weiteren Episode war es sehr spät geworden.

„Ich denke, es wird Zeit, sich zur Ruhe begeben", mahnte ich meine Gefährten, „der morgige Tag wird sicher anstrengend, denn wir haben noch einen weiten Weg vor uns."

„Sam Hawkens möge sich keine Sorgen machen. Wir werden am morgigen Tag erst zu der Zeit aufbrechen, wenn die Sonne ihren höchsten Stand erreicht hat."

„Warum sollten wir das tun?"

„Intschu tschuna wird morgen mit seinen Kindern das gelbe Metall holen, das die Bleichgesichter Gold nennen."

„So gibt es Gold hier in der Nähe?"

„Ja", antwortete Intschu tschuna. „Niemand ahnt etwas davon, auch meine Krieger wissen es nicht. Ich habe es von meinem Vater erfahren, der es von dem seinigen erfuhr. Solche Geheimnisse vererben sich nur von den Vätern auf die Söhne und werden sehr heiliggehalten. Man teilt sie selbst dem besten Freund nicht mit. Ich habe jetzt zwar davon gesprochen, würde aber den Ort keinem Menschen sagen oder gar zeigen und einen jeden niederschießen, der es wagt, uns zu folgen, um ihn zu erfahren."

„Auch uns würdest Du töten?"

„Auch Euch! Ich habe Euch Vertrauen erwiesen. Wenn Ihr es täuschtet, hättet Ihr den Tod verdient. Ich weiß aber, dass Ihr diesen Lagerplatz nicht eher verlassen werdet, als bis wir von unserem Gang zurückgekehrt sind."

„Vorsicht!" Mit diesem Ausruf warnte ich meine Gefährten, griff nach meinem Gewehr und feuerte in das Gebüsch, das sich hinter Intschu tschuna befand.

„Warum schießt Ihr, Sam?"

„Ich habe zwei Augen gesehen, Mr. Shatterhand. Wir wurden wohl belauscht, wenn ich mich nicht irre."

Augenblicklich wurden Fackeln angebrannt und die Krieger schwärmten aus, kamen aber nach einiger Zeit zurück, ohne Verdächtiges gefunden zu haben.

„Sam Hawkens wird sich geirrt haben", sagte Intschu tschuna. „Bei einem flackernden Feuer sind solche Täuschungen sehr leicht möglich."

„Sollte mich wundern. Ich glaube, die zwei Augen ganz gewiss gesehen zu haben."

„Der Wind wird zwei Blätter umgedreht haben. Mein weißer Bruder hat da ihre untere Seite gesehen, welche heller ist und sie für Augen gehalten."

„Mein Bruder Sam hat auf jeden Fall einen Fehler begangen, vor welchem er sich später stets hüten mag!"

„Einen Fehler? – Ich? – Wieso?"

„Es durfte nicht geschossen werden."

„Nicht? Wenn ein Spion im Busch steckt, so habe ich das Recht, ihm eine Kugel zu geben, wenn ich mich nicht irre."

„Weiß man, ob der Späher feindliche Absichten hat? Er entdeckt uns und schleicht sich heran, um zu erfahren, wer wir sind. Vielleicht tritt er dann hervor, um uns zu grüßen."

„Und sicher würde er sich noch die Zeit nehmen, Blümchen für Nscho-tschi zu pflücken, wenn ich mich nicht irre … hi, hi, hi."

„Winnetou wird noch einmal die Umgebung absuchen."

Der Apatsche entfernte sich.

„Sam, Ihr bringt das ganze Lager in Aufruhr", sprach mich Old Shatterhand an.

„Ich? Ich bringe das Lager in Auffuhr? Wenn ich sage, ich habe zwei Augen gesehen, dann habe ich zwei Augen gesehen."

„Aber Ihr hättet nicht schießen müssen."

„Warum nicht?"

„Weil es auch ein Mensch hätte sein können, der keine bösen Absichten verfolgte."

„Unsinn! Hört, junger Sir, Sam Hawkens, mag nicht durch die hohe Schule für Westmänner gegangen sein. Ich kenne auch nicht den Unterschied zwischen guten und bösen Augen, wie Winnetou sie bei Santer erkannt haben will. Aber ich weiß, wie ich mich verhalten muss."

Nach einiger Zeit kehrte Winnetou zurück.

„Es ist kein Mensch da. Sam Hawkens wird sich daher wirklich getäuscht haben."

„Ich glaube nicht, dass ich wirklich auf zwei Blätter geschossen habe. Und sicher war uns dieser Mensch nicht wohlgesonnen. Ich bin sicher, dass ich zwei Augen gesehen habe und es waren keine guten Augen, Winnetou."

Kapitel 14 - Ritt ohne Wiederkehr

Am folgenden Morgen verließ uns der Häuptling der Apatschen mit seinen Kindern. Wir blieben im Lager, um auf ihre Rückkehr zu warten. Old Shatterhand legte sich ins Gras und brannte sein Kalumet an. Er schien sehr unruhig zu sein.

„Ihr scheint Euch Sorgen zu machen", sprach ich Shatterhand an.

„Ihr habt Recht, Sam. Ich mache mir Sorgen, dass dem Häuptling, Winnetou und Nscho-tschi etwas zustoßen könnte."

„Oh, Ihr denkt, dass ich vielleicht doch nicht auf Blätter geschossen habe?"

„Ich kann Euch den Grund meiner Unruhe nicht genau sagen."

„Macht Euch keine Sorgen, Mr. Shatterhand", warf Dick ein, „es wird schon alles gut gehen."

„Der Meinung bin ich auch", sagte Will, „die beiden Apatschen sind erfahrene Krieger."

„Ja, da mögt Ihr Recht haben. Ich werde mich etwas ablenken und mal nach einem Wildbret umsehen."

Mit diesen Worten warf er sich sein Gewehr über die Schulter und verließ das Lager.

„Ich hoffe, das Greenhorn macht keine Dummheiten", bedeutete ich meinen Kameraden.

„Das glaube ich nicht. Er verließ unser Lager in Richtung Norden. Intschu tschuna und seine Kinder entfernten sich südwärts", klärte mich Will auf.

„Das stimmt."

„Bist du eigentlich nicht neugierig, Sam?"

„Worauf?"

„Wüsstest Du nicht auch gerne, wo die Apatschen ihr Gold herholen?“

„Oh, ich hätte nichts gegen ein paar Fingerhüte voll Gold, wenn ich mich nicht irre.“

„Was würdest Du denn damit anfangen?“

„Die Frage ist einfach zu beantworten, Will. Ich würde so weiterleben wie bisher. Wir entbehren ja nichts und leben frei wie der Wind. Allerdings würde ich mir keine Abenteuer mehr aussuchen, die mich in Gefahr bringen könnten wie unsere letzten Erlebnisse, wenn ich mich nicht irre. Ich würde in sicheren Gefilden jagen und sorglos mein Leben beenden.“

„Ich hoffe, Du würdest uns nicht verlassen, lieber Sam.“

„Wie könnte ich Euch verlassen, lieber Will? Ohne mich währt Ihr doch vollkommen hilflos.“

„Richtig, ohne Dich wären wir hilflos“, fügte Dick an.

„Es freut mich, dass Ihr endlich einseht, dass Euer Sam immer seine schützende Hand über Euch hält, in guten wie in schlechten Tagen, wenn ich mich nicht irre … hi, hi, hi.“

„Ja“, sagte der sonst eher schweigsame Dick, „wir haben gute und schlechte Zeiten erlebt. Aber wir konnten uns immer aufeinander verlassen.“

„Ja, das ist richtig, Dick. Das konnten wir und können es noch. Selbst wenn wir glauben, unser letztes Stündlein hat geschlagen, so haben wir es noch immer verstanden, dem Tod ein Schnippchen zu schlagen und ihm von der Schippe zu springen.“

„Oder wir wurden gerettet, so wie bei unserem letzten Abenteuer, von Old Shatterhand.“

„Dazu möchte ich nichts mehr sagen. Aber wäre es darauf angekommen, so hätte ich mich genauso wacker geschlagen wie Old Shatterhand und ich hätte gute Chancen gehabt, einen Sieg gegen Intschu tschuna zu erringen, wenn ich mich nicht ...“

„Du hättest einen Sieg errungen?“ unterbrach mich Will.

„Natürlich! Ich bin ein guter Schwimmer, konnte es Euch bisher aber nicht beweisen.“

„Wir glauben es Dir, Sam“, lachte Will.

„Das will ich hoffen, das will ich wirklich hoffen. Als ich zusammen mit Kliuna-ai in den Fluten des Rio Pecos schwamm, war ich in meinem ...“

„Mit Klinua-ai. Du schwammst im Rio Pecos mit Kliuna-ai, die Squaw, deren Namen übersetzt Vollmond bedeutet?“

„Nun, wir hatten einige nette Erlebnisse, über die ich aber nicht genauer berichten möchte.“

„Warum nicht?“, bohrte Dick weiter.

„Weil Ihr beiden vor Neid erblassen würdet. Glaubt Ihr denn, dass Euer alter Sam dem weiblichen Geschlecht nicht zugetan wäre? Ich könnte Euch Dinge erzählen! Die würden Euch sprachlos machen, wenn ich mich nicht irre ... hi, hi, hi!“

„Die alten Geschichten interessieren uns nicht, Sam“, mischte sich nun auch Dick wieder ein, „was war mit Klinua-ai?“

„Was soll gewesen sein? Vergesst bitte nicht, dass ich ein Gentleman bin und gewisse Erlebnisse selbst meinen besten Freunden nicht auf die Nase binde. Aber wenn Ihr es unbedingt wissen möchtet, dann ...“

Unsere Unterhaltung wurde durch Old Shatterhand unterbrochen. Plötzlich tauchte er mit

Pferden auf und ich rief ihm zu: „Wo treibt Ihr Euch denn herum, Sir! Alle Wetter! Ihr seid zu Fuß fortgegangen und kommt beritten zurück! Seid wohl gar Pferdedieb geworden?"

„Das weniger. Ich habe diese Tiere erbeutet."

„Wo?"

„Gar nicht weit von hier."

„Von wem?"

„Seht sie nur richtig an! Ich erkannte sie sofort und Ihr habt doch auch gute Augen."

„Ja, die habe ich. Sah sogleich, wem sie gehören, wollte es aber nicht begreifen. Das sind ja die Pferde von Santer und seinen Begleitern. Es fehlt aber eins."

„Das werden wir uns suchen und auch Santer, der darauf sitzt."

Aber wie kommt – – –

„Still, lieber Sam!" unterbrach er mich. „Es ist sehr Wichtiges, sehr Trauriges geschehen. Wir müssen sofort fort von hier."

„Von hier? Warum?"

„Intschu tschuna und Nscho-tschi sind ermordet worden und wir müssen dem Mörder nach."

Diese fürchterliche Nachricht war unfassbar und versetzte das Lager in helle Aufregung. Auch mir ging diese Hiobsbotschaft sehr nahe. Näher vielleicht, als ich es damals zugeben wollte.

Meine beiden Gefährten waren ebenso betroffen.

„Du bist ja kreidebleich, Sam", sprach Dick mich an.

„Unsinn, warum sollte ich?"

„Nun, mich hat diese Nachricht sehr berührt, muss ich zugeben."

„Spurlos ging sie auch an mir nicht vorüber. Aber nun gilt es, den Mörder zu fangen."

Ich ging zu Old Shatterhand, der alle Hände voll zu tun hatte, die Ordnung im Lager wieder herzustellen.

„Auf ein Wort, Sir."

„Wir müssen dem Mörder nach. Sprechen nützt nichts!", antwortete er barsch.

„Well! Stimme Euch bei. Aber wisst Ihr denn, wohin er ist?"

„Jetzt noch nicht."

„Hört, junger Freund, wir werden die Spur des Mörders schnell finden, wenn ich mich nicht irre. Ich kenne diese Gegend recht leidlich: Wir haben hier Ebene und jenseits wieder Ebene. Diese Berge gehören nicht zu einem Gebirgs- oder Höhenzug, sondern sie haben sich ganz für sich allein in die offene Prärie hineingesetzt. Wir brauchen uns also nur in zwei Trupps aufzuteilen und den Berg zu umreiten, um die Spur zu finden. Denn gleichgültig, wo Santer den felsigen Boden verlässt - und das muss er ja irgendwann einmal tun - so wird er im Gras Spuren hinterlassen und einer der beiden Trupps wird auf diese Spuren stoßen. Dieser wird auf den anderen warten und dann kann es an die Verfolgung des Schurken gehen, wenn ich mich nicht irre."

„Das ist ein großartiger Gedanke, mein lieber Sam. Wir bilden zwei Trupps und umreiten die Berge - wir vier Weißen von rechts und die zehn Apatschen, welche Winnetou mir angewiesen hat, von links. Jenseits treffen wir zusammen und werden dann erfahren, ob einer der Trupps auf die Fährte gestoßen ist. Ich bin überzeugt, dass dies der Fall sein wird. Dann folgen wir ihr."

Wir hatten keine Zeit zu verlieren und setzten meinen Plan unverzüglich in die Tat um. Nach einer gewissen Zeit stießen wir auf die Spur des Halunken, der wir sofort folgten, bis es so dunkel geworden war, dass man die Spur nicht mehr erkennen konnte.

Wir lagerten und das gab mir Gelegenheit, am Lagerfeuer mit Old Shatterhand und meinen Gefährten zu sprechen.

„Es wird nicht einfach sein, Santer zu fangen, meine Freunde, wenn ich mich nicht irre."

„Ihr macht mir aber wenig Hoffnung, lieber Sam."

„Das mag sein, Mr. Shatterhand, aber Ihr werdet noch an meine Worte denken. Wenn es uns nicht in kürzester Zeit gelingt, den Halunken zu schnappen, wird es Jahre dauern, ihn zu fassen, wenn es überhaupt gelingt."

„Erkläre uns doch bitte Deine düsteren Vorahnungen, die sich unter Deiner Perücke anscheinend versammelt haben", mischte sich Dick ein.

„Gerne. Ich halte Santer für einen durchtriebenen Burschen. Er ist wohl einer der besten Westmänner, denen ich je begegnet bin."

„Wenn Du noch mehr Lobeshymnen auf diesen Verbrecher singst, werde ich Dir wohl die Freundschaft kündigen müssen, Sam Hawkens, wenn ich mich nicht irre."

Will benutzte meinen kleinen Spleen normalerweise, um mich zu ärgern. Aber nun war eine andere Situation eingetreten, denn er fuhr fort: „Es würde mir leid tun, unsere Gemeinschaft verlassen zu müssen. Also, erkläre uns schnell, was Du genau meinst."

„Was ich meine, sagte ich soeben. Aber irgendetwas scheint mir nicht logisch."

„Was?"

„Ich halte Santer für einen außergewöhnlichen Westman, weil ihm das gelungen ist, was wohl kaum einer von uns gelungen wäre."

„Spann mich nicht auf die Folter, Sam", drängte Will ungeduldig. Old Shatterhand verhielt sich ruhig, hörte aber gespannt zu.

„Also gut. Hat Santer nicht Winnetou und Shatterhand getäuscht, als die beiden Blutsbrüder ihm nach unserem ersten Zusammentreffen gefolgt sind? Hat er uns nicht belauscht, als wir lagerten und es mir vorgeworfen wurde, auf Blätter geschossen zu haben? Selbst Winnetou fand anschließend keine Spur von ihm. Als Winnetou mit seinem Vater und seiner Schwester aufbrechen wollten, hat der Häuptlingssohn nicht noch einmal, um Shatterhand zu beruhigen, die Gegend nach Spuren abgesucht und nichts gefunden?"

„Das ist alles richtig, aber einen Fehler hast Du doch gemacht."

„Welchen?"

„Du hast Santer einen Westman genannt und das ist er sicher nicht. Wir sind Westmänner und ein Westman sollte ein Mörder nicht genannt werden."

„Gut, da habe ich wohl die falsche Wortwahl getroffen, entschuldigt bitte, meine Freunde."

„Schon gut. Ich dachte schon, Du hättest den Verstand verloren, wenn ich mich nicht irre."

„Hör zu, Will Parker, hier irrt sich immer nur einer, wenn ich mich nicht irre ... hi, hi, hi. Aber etwas hat

Santer mit einem der besten Westmänner gemeinsam."

„Und das wäre? Und wen meinst Du mit einem der besten Westmännern?"

„Mich!"

„Aha, und was hat Santer mit Dir gemeinsam?"

„Er hat sich mit Greenhörnern eingelassen, so wie ich es seit Jahren tue. Aber zur Sache. Aus welchem Grund sollte Santer auf Intschu tschuna und seine Begleitung schießen?"

„Um an das Gold der Apatschen zu kommen"

„Unsinn, lieber Dick, vollkommener Unsinn!"

„Wieso?"

„Überlege einmal. Santer war es wichtig zu erfahren, wo die Apatschen Gold holen würden. Nehmen wir an, er verfolgte sie, um den genauen Platz zu erkunden, wo das gelbe Metall zu finden ist. Warum sollte er die Apatschen nicht mit einigen Goldkörnern abziehen lassen, um sich danach zu bedienen? Ich denke, einer seiner Gefährten hat den ersten Schuss abgegeben und somit das ganze fürchterliche Ereignis ausgelöst."

„Es gibt aber auch eine andere Möglichkeit, Sam", ließ sich Old Shatterhand nun hören.

„Und welche, wenn ich fragen darf?"

„Es könnte sein, dass Intschu tschuna oder Winnetou Santer und seine Spießgesellen entdeckt haben."

„Auch das ist möglich. Aber warum sollte Santer es in diesem Fall zu einer Schießerei kommen lassen? Ein Rückzug hätte gereicht. Das Gebiet, in dem er Gold vermutet, konnte er eingrenzen."

„Wir wissen nicht, was genau geschehen ist, und ich habe auch mit Winnetou noch nicht darüber gesprochen. Aber wichtig ist, den Schurken zu fangen, was ich auch tun werde."

„Und wir werden Euch dabei helfen, wenn ich mich nicht irre."

Wir verfolgten Santers Spur weiter und stellen fest, dass er die Richtung gewechselt hatte.

Von Osten nach Süden, in Richtung der Kiowas!

Wir waren Santer auf den Fersen und kamen ihm so nahe, dass wir ihn beinahe am Schopf fassen konnten. Aber er erreichte das Lager der Kiowas. Ich nahm an, und mit dieser Vermutung sollte ich Recht behalten, dass Santer freundlich von den Kiowas empfangen wurde, wenn er ihnen erzählte, dass er Intschu tschuna getötet hat.

Die Gruppe der Kiowas, die Santer die Rettung brachte, war nicht besonders stark. Daher beschloss ich auf Kundschaft zu gehen, um den Verbleib Santers zu erfahren.

Die niederträchtige Tat dieses Subjektes musste gerächt werden! Mir ging es dabei nicht darum, Gerechtigkeit zu üben oder den Richter zu spielen. Nein, mir ging es darum, Old Shatterhand zu beweisen, dass auch der „alte" Sam noch zu etwas taugte.

Kapitel 15 - In Nöten

Ich erinnere mich sehr ungern an die nun folgenden Ereignisse. Aber, um der Wahrheit die Ehre zu geben, werde ich auch diese erzählen.

Wenn ich an jene Zeit zurückdenke und an die Begegnung mit Old Shatterhand, so muss ich sagen, dass Shatterhand mich sehr verunsicherte. In seiner Gesellschaft, besonders nach seiner Blutsbrüderschaft mit Winnetou, auf die ich mit Absicht nicht näher eingegangen bin, fühlte ich mich zunehmend unwohler. Sollte er in seinen jungen Jahren und nach so kurzer Zeit im „Wilden Westen" ein besserer Westman sein als ich?

Die Sonne war schon längere Zeit verschwunden und wir bereiteten unser Nachtlager vor. Old Shatterhand, der am äußersten Rande des Lagers seine Schlafstelle einrichtete, entfernte sich schlendernd von unserem Lager. Ich nahm an, dass er sich etwas die Beine vertreten wollte und achtete nicht weiter auf ihn.

Nach geraumer Zeit vernahm ich ein Geräusch.

„Was war das?", fragte ich. „Habt Ihr nichts gehört?"

„Old Shatterhands Pferd stampfte", antwortete Dick.

„Er ist fort. Wo mag er sein? Er wird doch keine Dummheiten machen?!"

„Dummheiten? Der? Der hat noch keine gemacht und wird auch niemals welche machen."

„Das sehe ich etwas anders. Aber ich nehme ihn nicht mit, wenn ich nachher die Kiowas beschleiche. Er kann mir auch gar nichts dabei nützen. Ich will die Kerls zählen und die Örtlichkeit sehen. Erst dann lässt es sich bestimmen, wie wir angreifen müssen. Er macht seine Sache als Greenhorn oft ganz gut. Aber sich bei solchen Feuerflammen dem Lager der Kiowas zu nähern, das bringt er doch nicht fertig. Diese Kerls wissen, dass wir kommen. Sie sind also vorsichtig und werden die Ohren so spitzen, dass nur ein alter Westman an sie herankommen kann. Ihn aber würden sie gewiss sehen und auch hören."

Plötzlich stand Old Shatterhand neben mir und sagte: „Da irrt Ihr Euch, lieber Sam. Ihr glaubt, ich sei fort, und ich bin doch da. Verstehe ich es also oder nicht, mich heranzuschleichen?"

Ich war - das muss ich heute noch zugeben - von seinem plötzlichen Erscheinen mehr als überrascht. Aber noch mehr überraschte es mich, dass Shatterhand einen Späher der Kiowas, der sich in einem Busch verborgen gehalten hatte, gefangen genommen hatte.

Es war an der Zeit, etwas zu unternehmen. Daher beschloss ich, zu den Kiowas zu schleichen, um zu erfahren, was wir wissen mussten.

„Wir wissen doch ohnehin, woran wir sind. Und was ich noch nicht weiß, das werde ich bald erfahren. Denn ich gehe jetzt hinüber", sagte ich zu Old Shatterhand.

„Um vielleicht nicht wieder herüberzukommen", antwortete er.

„Warum?"

„Weil Euch die Kiowas behalten werden. Euch ist es klar, dass es bei diesen vielen großen und hellen Feuern sehr schwer ist, sich heranzuschleichen."

„Ja, für Euch, für mich aber nicht. Darum wird es so gemacht, wie ich Euch gesagt habe. Ich gehe hinüber und Ihr bleibt da."

„Ihr seid heute wie ausgewechselt, Sam. Ihr glaubt doch nicht etwa, mir Befehle erteilen zu können? Oder solltet Ihr doch?"

„Natürlich glaube ich das."

„Nun, da muss ich Euch in aller Freundschaft sagen, dass Ihr Euch irrt. Als Surveyor stehe ich über Euch, denn Ihr seid uns nur als Sicherheitswache zugewiesen gewesen. Sodann wisst Ihr, dass ich unter Zustimmung des ganzen Stammes von Intschu tschuna zum Häuptling erklärt worden bin. Ihr mögt also Eure Stellung zu mir von welcher Seite betrachten, wie Ihr wollt. So stehe ich über Euch und bin es, der zu befehlen hat."

„Mir hat kein Häuptling etwas zu sagen. Glaubt Ihr, Intschu tschuna hätte Euch zum Häuptling gemacht, wenn er geahnt hätte, dass Ihr seine Tochter nicht in Euer Wigwam aufnehmen wolltet? Und außerdem bin ich ein alter Westman, während Ihr ein Greenhorn und mein Schüler seid. Das solltet Ihr nicht vergessen, wenn Ihr nicht für undankbar gehalten werden wollt. Es bleibt dabei: Ich gehe jetzt und Ihr bleibt hier!"

Ich verließ wütend das Lager. Was bildete sich dieses Greenhorn eigentlich ein? Nicht genug, dass er zu vergessen schien, dass er es nur unserer - genauer gesagt meiner - Gutmütigkeit zu verdanken hatte, sich nun überhaupt in einer solchen Position zu befinden.

Was scherte es mich, dass Intschu tschuna ihn zum Häuptling gemacht hatte?

Ich beschloss, mein Vorhaben, die Kiowas zu beschleichen, in die Tat umzusetzen. Das Anschleichen ist eine Sache, die jeder Westman beherrschen muss. Ich war mir sicher, diese Aufgabe mit Bravour bewältigen zu können. Jeden Baum und jeden Strauch als Deckung nutzend, näherte ich mich dem Lager der Kiowas. Ein Vorankommen wurde allerdings immer schwieriger, je näher ich dem Lager kam. Ich sah ein, dass ich mein Vorhaben abbrechen musste - auch auf die Gefahr hin, dass ich in den Augen Old Shatterhands noch mehr an Achtung verlor. Als ich gerade im Begriff war, umzukehren, stürzten sich mehrere Kiowas auf mich. Ich hatte keine Möglichkeit, mich der Gefangennahme zu entziehen. Denn jeder Versuch einer Gegenwehr wurde mir genommen. Als wir uns dem Lager näherten, erkannte ich, dass mich vier Krieger gefangen genommen hatten, die mich mit Messern bedrohten.

Im Lager herrschte helle Aufregung und Santer rief mir zu: „Sam Hawkens! Good evening, Sir! Habt wohl nicht geglaubt, mich hier wiederzusehen?"

Ich warf ihm einige scharfe Worte zu, als plötzlich Old Shatterhand aus dem Dunkel mitten in das feindliche Lager sprang. Santer, der eben noch selbstsicher auftrat, war zu Tode erschrocken und rannte nun um sein Leben. Zwar schickte Shatterhand ihm noch zwei Schüsse aus seinem Revolver nach, verfehlte ihn aber. Er fasste mich beim Arm und riss mich mit. Nach einiger Zeit ließ Shatterhand meinen Arm los und forderte mich auf, ihm zu folgen. Er wandte sich nicht in die Richtung, in der unser Lager lag, was ich jedoch tat. Natürlich war dies ein Fehler von mir. Denn die Roten, die uns nun verfolgten, hätten natürlich unser Lager entdeckt. Aber so weit kam es nicht. Eine große Anzahl Krieger verfolgten mich und holten mich auch ein, was zur Folge hatte, dass ich erneut in Gefangenschaft geriet.

Sam Hawkens, der hervorragende Westman, fiel innerhalb weniger Stunden zwei Mal in die Hände von Feinden. Welcher Westläufer kann das schon von sich behaupten, wenn ich mich nicht irre ... hi, hi, hi!

Die Indsman schleppten mich also abermals in ihr Lager. Aber zu meinem Erstaunen wurde ich nicht an eines der Feuer gebracht, sondern umgehend auf ein Pferd gebunden. Die Roten warfen noch größere Mengen Holz in die Glut, um den Eindruck zu erwecken, dass sie noch an der gleichen Stelle lagerten. Aber, wie gesagt, alle Krieger stiegen auf ihre Pferde und wir verließen das Lager.

Ich wurde von einer kleinen Gruppe Kiowas in deren Dorf gebracht. Man schleppte mich, nachdem ich etwa eine Stunde gebunden auf der nackten Erde gelegen hatte, zu Tangua, der über meine Gefangennahme mehr als erfreut war.

„Nun bist Du in unserer Gewalt, Du weißer Hund! Wir werden Dir die Haut in Streifen vom Leibe schneiden", drohte er mir.

„Dann wird Tangua sich beeilen müssen, wenn ich mich nicht irre!"

„Wie kommst Du auf diesen Gedanken?"

„Meine Befreiung steht kurz bevor. Oder glaubt Tangua, dass Old Shatterhand seinen alten Sam Hawkens lange als Gefangenen der Kiowas duldet?"

„Du scheinst Dir keiner Schuld bewusst zu sein, Du weiße Kröte."

„Schuld? Welche Schuld hätte ich gegenüber den Kiowas auf mich geladen?"

„Warst Du es nicht, der uns dazu verleitet hat, Euch beizustehen, als die Apatschen Euch bedrängten, weil ein Weißer Klekih petra erschossen hatte? Warst Du es nicht, der uns belogen und betrogen hat? Warst Du es nicht, der sich plötzlich mit seinen Gefährten gegen die Kiowas wandte? Du hast uns versprochen, Intschu tschuna und seinen Sohn Winnetou in unsere Gewalt zu bringen. Warst Du es nicht, der sie später, als sie in unsere Hände gefallen waren, befreite?"

„Wem außer mir traut Tangua ein solches Meisterstück zu?", log ich.

„Dafür wird Sam Hawkens büßen. Eine Befreiung ist unmöglich. Wir werden Dich an den Pfahl bringen - und das an einem Ort, der für Shatterhand und Winnetou unerreichbar sein wird. Und die Martern werden alles übertreffen, was Du Dir vorstellen kannst! Ich habe gesprochen."

Ich wurde von zwei Kriegern gepackt und an das Ufer des Salt Forks gebracht, wo ich unsanft in ein Kanu geworfen wurde. Die beiden Indsman ruderten mit mir zu einer kleinen Insel inmitten des Flusses. Dort wurde ich an einen Pfahl gebunden und, in dieser misslichen Lage von einigen Kriegern bewacht, belassen. Zu den Kriegern, die mich beaufsichtigten, gehörte auch der Tanguas Sohn Pida.

Er setzte sich vor mir nieder und fragte: „Will Sam Hawkens uns nicht verraten, wohin sich Shatterhand wenden wird? Tangua, mein Vater, will es wissen!"

„Fällt mir nicht ein, es zu verraten!", antwortete ich.

„Dann wirst Du zehnfache Qualen erdulden müssen!"

„Lass Dich nicht auslachen! Sam Hawkens und Qualen erdulden … hi, hi, hi! Dein Vater hat mich schon einmal martern lassen wollen: dort am Rio Pecos bei den Apatschen. Was ist die Folge davon gewesen? Kannst Du mir das sagen?"

„Dass Old Shatterhand, dieser Hund, ihn zum Krüppel gemacht hat!"

„Well! So ähnlich wird es auch hier werden. Ihr könnt mir nichts anhaben."

„Wenn du das im Ernst sagst, so ist der Wahnsinn in Deinen Kopf eingezogen. Wir haben Dich fest und Du kannst uns nicht entrinnen. Bedenke, dass Dein ganzer Körper mit Riemen umschnürt ist, sodass Du kein Glied bewegen kannst!"

„Ja, diese Fesselung habe ich dem guten Santer zu verdanken und befinde mich ganz wohl dabei!"

„Du leidest Schmerzen, ich weiß es, aber Du gibst es nicht zu. Außer dieser Umschnürung bist Du an den Baum festgebunden und es sitzen bei Tag und bei Nacht vier Krieger hier, um Dich zu bewachen. Wie willst Du da entkommen?"

„Das ist meine Sache, geliebter Junge! Jetzt gefällt es mir noch hier. Warte also, bis ich fort will, dann könnt Ihr mich nicht halten."

„Wir würden Dich freilassen, wenn Du uns sagtest, wohin er gehen wird."

„Ich sage es aber nicht. Ich weiß schon, wie es gehen wird. Der gute Santer ist so freundlich gewesen, mir die Geschichte zu erzählen, um mir Angst zu machen, was ihm aber nicht gelungen ist. Ihr seid nach dem Nugget-tsil geritten, um Old Shatterhand und Winnetou zu fangen. Lächerlich! Old Shatterhand zu fangen, der mein Schüler ist … hi, hi, hi!"

„Aber Du, sein Lehrer, hast Dich doch von uns fangen lassen?"

„Nur so zum Zeitvertreib. Ich wollte gern einmal einige Tage bei Euch sein, weil ich Euch so lieb habe, wenn ich mich nicht irre. Also, Ihr habt den Ritt vergeblich gemacht und bildet Euch nun ein, dass Winnetou mit seinen Apatschen und Old Shatterhand Euch nachlaufen werden. So ein unsinniger Gedanke ist mir doch noch nicht gekommen! Heut seht Ihr ein, dass Ihr Euch verrechnet habt. Sie sind nicht gekommen und Ihr wisst nicht, wo sie stecken. Da soll ich Euch nun sagen, wohin Old Shatterhand geritten sein kann? Ihr denkt, dass ich das wissen muss. Und ich will es Dir aufrichtig sagen, dass ich es auch weiß."

„Nun, wohin?"

„Pshaw! Du wirst es sehr bald erfahren, ohne dass ich es Dir sage, denn …!"

Er wurde durch ein lautes Geschrei unterbrochen!

„Hörst Du, wo sie sind!", rief ich frohlockend. „Wo Winnetou ist, da ist auch Old Shatterhand. Sie sind da – sie sind da!"

Ich sah, dass der Sohn des Häuptlings sich auf der Insel hoch aufrichtete und zum Ufer blickte. Dann sprang er in sein Kanu und rief den vier Wächtern zu: „Nehmt die Gewehre zur Hand und tötet dieses Bleichgesicht sofort, wenn sich jemand sehen lässt, um es zu befreien."

Sofort folgten die Krieger dem Befehl des Häuptlingssohnes und hielten ihre Flinten bereit.

An eine baldige Befreiung war in diesem Augenblick nicht zu denken. Aber ich war beruhigt, Old Shatterhand und Winnetou in meiner Nähe zu wissen. Und natürlich waren auch Dick Stone und

Will Parker in der Nähe. Und die würden alles daran setzen, ihren „alten" Sam nicht hängen zu lassen, wenn ich mich nicht irre...! Ich wurde nach einiger Zeit von meinen Fesseln befreit und man brachte mich wieder in das Dorf der Kiowas. Ich konnte mir die nun etwas freundlichere Behandlungsweise nicht erklären. Man steckte mich in ein Zelt. Ich bekam ein reichliches Mahl, was mich noch mehr erstaunte. Zwar blieb ein Krieger mit mir im Zelt, aber das störte mich nicht. Wieder verging eine Weile, als ein zweiter Kiowa das Zelt betrat und mich aufforderte, ihm zu folgen. Als ich aus dem Zelt trat, erblickte ich zu meiner großen Überraschung Old Shatterhand, der auf mich zugestürmt kam. Natürlich war ich außer mir vor Freude und rief Shatterhand zu: „Old Shatterhand! Habe es ja gesagt, dass Ihr unbedingt kommen würdet! Wollt wohl Euern alten Sam wieder haben?"

„Ja", antwortete er, „das Greenhorn ist gekommen, um Euch das Zeugnis zu geben, dass Ihr der größte Meister im Anschleichen seid, wie Ihr bewiesen habt. Man mag Euch sagen, was man will, Ihr rennt doch immer nach der verkehrten Seite!"

„Macht mir Eure Vorwürfe später, Sir, und sagt mir lieber, ob meine Mary noch vorhanden ist."

„Sie ist bei uns."

„Und die Liddy?"

„Der Schießprügel? Den haben wir auch gerettet."

„Dann ist ja alles, alles gut, wenn ich mich nicht irre. Kommt, lasst uns machen, dass wir von hier fortkommen! Es ist beinahe langweilig hier."

„Geduld, Geduld, bester Sam! Ihr tut ja, als ob es gar nichts auf sich hätte und das reine Kinderspiel wäre, hierher zu kommen und Euch loszumachen."

„Das ist es auch, Kinderspiel, aber nur für Euch. Möchte wissen, was Ihr nicht fertig brächtet. Würdet mich sogar vom Mond herunterholen, wenn ich mich hinauf verlaufen hätte … hi, hi, hi!"

„Lacht nur immer! Ich merke daraus, dass es Euch nicht allzu schlecht ergangen ist."

„Schlecht? Was fällt Euch ein! Gut habe ich es gehabt, außerordentlich gut! Jeder Kiowa hat mich wie sein eigenes Kind geliebt. Ich bin vor lauter Liebkosungen, Herzen und Küssen gar nicht zu Verstand gekommen. Wie eine Braut haben sie mich gefüttert und, wenn ich schlafen wollte, brauchte ich mich gar nicht erst niederzulegen, denn ich lag überhaupt stets auf dem Rücken."

„Hat man Euch Eure Habseligkeiten genommen?"

„Allerdings. Die Taschen sind mir leer gemacht worden."

„Werdet alles wiederbekommen, falls es noch da ist. Die Beratung scheint zu Ende zu sein."

Old Shatterhand verlangte von Tangua, dass er sich mit mir unverzüglich entfernen könne, was dieser ihm auch gestattete. Er verabschiedete sich mit den Worten: „Bis zur Rückkehr meines Sohnes bist Du sicher. Dann aber wird der ganze Stamm hinter Dir her sein und Dich verfolgen. Wir werden deine Spur finden und Dich ergreifen - auch wenn Du durch die Luft davon reiten solltest!"

Wir hielten es nicht für nötig, auf diese Drohung etwas zu erwidern, und schritten zum Fluss, um uns in einem Kanu auf den Weg zu machen. Auf der Fahrt erzählte mir Old Shatterhand, dass er den Sohn des Häuptlings in seine Gewalt bringen konnte und dieser nun gegen meine Person ausgetauscht werden sollte. Aber er musste mir auch mitteilen, dass Santer ihnen anscheinend entwischt war und Winnetou sich auf dessen Fährte befand.

Natürlich gab es ein großes „Hallo", als ich auf meine Freunde traf. Aber es blieb keine Zeit für langes Gerede. Pida wurde zu seinem Vater geschickt, so wie es Tangua versprochen worden war. Wir mussten aber damit rechnen, dass uns die Krieger der Kiowas sofort verfolgen würden, sobald Pida wohlbehalten bei den seinen eintreffen würde. Ich kannte die Gegend, in der wir uns befanden, gut und so war es meine Aufgabe, unseren Trupp zu führen.

„Wisst Ihr, was nun bei den Kiowas geschieht, Mr. Shatterhand?"

„Sagt es mir, Sam."

„Jetzt stecken sie da droben die Köpfe und die Schädel zusammen, um zu beraten, wie sie uns wieder in ihre Vorderfüße bekommen. Sollen sich wundern! Sam Hawkens ist nicht wieder so dumm, in einem Loch stecken zu bleiben, aus welchem ihn ein Greenhorn herausziehen muss. Mich fängt kein Kiowa wieder, wenn ich mich nicht irre!"

Kapitel 16 - St. Louis

Unser Abenteuer neigte sich dem Ende zu. Santer entkam und selbst Winnetou war es nicht vergönnt, ihn zu fassen. Es sollte, so viel möchte ich hier vorweg nehmen, ihm auch nicht gelingen, den Mörder seines Vaters und seiner Schwester jemals zu fangen.

Old Shatterhand, Will Parker, Dick Stone und meine Wenigkeit ritten, nach einigen Zwischenstationen, wieder nach St. Louis. Dort angekommen, lieferten wir alle Gerätschaften und das Ergebnis der Vermessungen im Büro der Eisenbahngesellschaft ab. Ich versuchte vergeblich, für Old Shatterhand eine besondere Vergütung herauszuschlagen. Denn immerhin musste die Gesellschaft - so pietätlos es auch klingen mag - Bancroft sowie alle anderen Arbeiter, Vermesser und Westmänner nicht mehr bezahlen, denn sie hatten ihr Leben gelassen. Aber es war eine vergebene Liebesmüh, die Herren davon zu überzeugen. Wir erhielten alle unser Geld und damit war das Abenteuer endgültig beendet.

Old Shatterhand wollte wieder in den Westen. Meine Gefährten und ich hatten aber vor, uns in St. Louis richtig zu erholen. Und so trennten sich die Wege des Kleeblatts und Old Shatterhands. Es sollten Jahre vergehen, bis wir ihn wiedersehen sollten. Aber das ist eine andere Geschichte.

Dick, Will und auch ich nahmen zur Feier des Tages in einem kleinen, aber gemütlichen Gasthaus einen „Kleinen" zur Brust.

„Wir haben es geschafft, Sam", begann Dick die Unterhaltung, nachdem wir es uns an einem der wenigen Tische bequem gemacht hatten.

„Was haben wir geschafft, Dick?"

„Nun, ich denke, wir haben unser bisher größtes Abenteuer heil überstanden, befinden uns wohl und können dankbar sein, dass wir ohne Schaden wieder in St. Louis sind."

„Das, was wir erlebt haben, nennst Du ein großes Abenteuer?"

„Ja, sicher."

„Soll ich Dir sagen, was ein großes Abenteuer gewesen ist?"

„Ich bitte darum, altes Coon."

„Habe ich Euch schon einmal erzählt, wie ich mein Haupthaar verlor, das ich von Kindesbeinen ..."

„Stopp, Sam", gebot Dick Stone, „diese Geschichte hast Du uns schon so oft erzählt, dass ich manchmal glaube, sie selbst erlebt zu haben."

„Schon gut", antwortete ich, „dann schweige ich."

„Aber, Sam, findest Du nicht, dass wir ein herrliches Abenteuer erlebt haben? Davon kannst du noch Deinen Enkeln erzählen", scherzte Will.

„Enkeln? Welchen Enkeln?"

„Entschuldige, ich wollte keine alten Wunden aufreißen."

„Wie darf ich das denn verstehen?"

„Nun, ich dachte an Kliuna-ai."

„Über meine Erlebnisse mit ihr decke ich lieber den Mantel des Schweigens."

„Das kann ich verstehen, denn wer spricht schon gerne über eine enttäuschte Liebe."

„Wie meinst Du denn das, Dick Stone?"

„Nun, ich würde auch nicht gerne darüber sprechen, wenn ich von einer Frau einen Korb bekommen hätte."

„Einen Korb? Ich habe einen Korb bekommen? Wer hat Dir denn das geflüstert?"

„Ich denke, Kliuna-ai hat Deine Werbung um sie abgelehnt. Oder entspricht das nicht der Wahrheit?"

„Nicht ganz, meine Freunde, nicht ganz. Denn ich bin es gewesen, der die Gefahr erkannt und ihr dann getrotzt hat, wenn ich mich nicht irre … hi, hi, hi. Als ich bemerkte, dass Kliuna-ai ihre Fänge nach mir ausstreckte, habe ich mich schnell in die Büsche geschlagen."

„Um später den Kiowas in die Arme zu fallen."

„Das waren unglückliche Umstände."

„Aha", lächelte Dick Stone, „aber Shatterhand hat Dich ja befreit."

„Stimmt", antwortete ich, „und dabei fällt mir ein, dass Ihr kaum Anteil an meiner Befreiung hattet."

„Wir mussten uns nach Shatterhand richten, Sam."

„Seht Ihr, meine Freunde, genau da sehe ich auch das Problem. Shatterhand bestimmt alles, Shatterhand hat das Kommando. Shatterhand ist fehlerlos. Mit Shatterhand kann sich nur noch Winnetou vergleichen."

„Ja, er ist wie für den Westen geschaffen", pflichtete mir Dick bei.

„Das sind wir auch", antwortete ich, „in den langen Jahren, in denen wir uns im Wilden Westen aufhalten, haben wir alles gemeistert, was es zu meistern galt. Wir sind die gleichen Westmänner, die wir vor unserem letzten Abenteuer waren. Nichts hat sich verändert. Wir sind das Kleeblatt, die drei

Westmänner, die in den „dark and bloody grounds"
berühmt sind. Über unsere Erlebnisse sprechen viele
Westmänner an vielen Lagerfeuern - und das mit
Recht. Und nun sollten wir uns den schönen Seiten
des Lebens widmen."

Und das taten wir auch. Die Bezahlung, die wir
erhalten hatten, erlaubte uns, gut über den Winter zu
kommen, und bot uns alle Gemütlichkeiten, die wir
gerne in der Zivilisation nutzten.

Ich erlebte noch einige Abenteuer mit meinen
Gefährten und wir schlugen uns dabei wacker und
ehrenhaft.

Die Geschichten, die man sich später über Old
Shatterhand und Winnetou erzählte, rückten die
beiden Helden in das Reich der Sagen und
Legenden. Die Anschleichtechniken, die Old
Shatterhand immer wieder beschreibt, sind von
keinem Menschen durchführbar. Niemand ist in der
Lage, stundenlang auf Finger- und Fußspitzen, ohne
dass der Körper an anderer Stelle den Boden
berührt, auszuharren. Ebenso unsinnig ist es, wenn
Shatterhand behauptet, über einen sehr langen
Zeitraum laufen zu können, indem er erst das linke
und dann später das rechte Bein stärker belastet.

Es mag nun der Eindruck entstehen, dass ich aus
Eifersucht solche Behauptungen aufstelle. Aber es
gibt für mich keinen Grund, dies zu tun. Natürlich war
ich über Shatterhands Verhalten verärgert. Aber die
Sache wurde zu einem guten Ende gebracht. Etwas
enttäuscht war ich allerdings darüber, dass
Shatterhand weniger Zeit mit uns verbrachte, als er
seine „Liebe" zu Winnetou entdeckte. Aber die Zeiten
sind vorbei. Vieles hat sich geändert und auch der

Westen musste sich der neuen Zeit beugen. Die großen Büffel- und Mustangherden bevölkern schon lange nicht mehr die Prärie. Der rote Mann wird in Reservate gepfercht, seiner Rechte beraubt. Und sein Stolz wird gebrochen.

Aber eines ist mir persönlich geblieben. Ich war es, der einen großen Westman in das Leben eines solchen einführte. Mir ist es zu verdanken, dass Old Shatterhand seinen Weg machte.

Mir, Sam Hawkens,

wenn ich mich nicht irre...!

Erscheint 2019

Winnetou, Karl May und Ich.

Geschichten rund um KARL MAY